GOBOOKS
& SITAK
GROUP©

三日月書版

三日月書版

[author] mathia
[illust.] mine
三日月書版
BL071
請勿洞察
volume four
[04]
Seek | No | Evil

SEEK
NO EVIL

[洞 察 即 地 獄]

Levan × Laird

Presented by matthia

SEEK NO EVIL

【contents】

VOLUME FOUR

eek No Evil
CLASSIFIED
INVESTIGATOR
FILE. 1
調查員檔案
萊爾德·凱茨
NAME | Laird Kites
AGE | 25
RACE | [redacted]
OCCUPATION | [redacted]
靈媒大師

Seek No Evil
CLASSIFIED
INVESTIGATOR
FILE. 2
調查員檔案
列維・卡拉澤
NAME | Levan Kaladze
AGE | 30
RACE | 喬治亞裔 Georgian
OCCUPATION | 獵犬 Hound

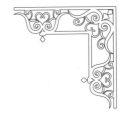

SEEK NO EVIL

CHAPTER TWENTY SIX

【歡迎來到辛朋鎮】

列維開了八個小時的車，連夜趕回了老家辛朋鎮。早晨六點多的時候，他發現自己竟然迷路了。

小鎮附近一共也沒幾條路。他對著地圖研究了半天，推測自己在下公路的時候走錯了岔路，繞過了辛朋鎮，開上了通往山林的方向。這條路缺乏開發，窄得要命，路邊雜草和石頭特別多，列維倒著開了一小段，可是一路倒回去也不太可能，他好不容易找到寬一點的地方想調頭，結果車子後輪卡在了小土溝裡。這輛車可不是越野車，而且也沒人能幫他從後面推，他和小土溝較了半天的勁，車輪就是怎麼也出不來。

最後他沒辦法，只好下了車，背上背包，徒步走回去。照理來說他應該很熟悉辛朋鎮附近的路，不該迷路，至少走著不會迷路。他邊走邊給自己尋找合理的解釋：一定是因為我離家太久，習慣了城市道路，現在回到家鄉附近反而覺得陌生了。

上午十一點左右，列維能看見小鎮上的房子了。鎮口第一棟建築是個能加油的雜貨店，他走進去想買點吃的，結帳的時候，櫃檯裡的黑髮女孩一直盯著他看。

她比列維年紀小，也就二十歲左右。辛朋鎮附近沒有什麼風景區，平時根本不會有遊客，女孩大概以為列維是外來者，所以有些好奇。

列維乾脆也盯著她看。這讓她意識到了自己的失禮，連忙尷尬地笑著道歉，並直接開口詢問：「如果說錯了請別怪我……你是列維．卡拉澤吧？」

「是啊。」列維想，原來妳認識我啊？

女孩說：「看你的眼神，你是不是不記得我啦？」

列維沒有否認，女孩接著說：「那你還記得威爾斯先生嗎？」

「記得……」列維下意識地回答。

語言比腦子動得更快，他自然而然地就回答了「記得」，回答之後，「威爾斯先生」的形象才逐漸出現在他腦子裡：是個七八十歲的老人，是這家雜貨店的老闆。除了這裡以外，他還在鎮上另一個地方有一家以販售居家工具為主的店，裡面還賣一些登山和釣魚的用品。

對，他想起來了……威爾斯先生有一兒一女，兒子也有個女兒，也就是眼前這位黑髮少女了。

少女看到他露出恍然大悟的表情，及時提醒說：「我是梅麗，想起來了嗎？我去年離開辛朋鎮去上大學，現在正好是假期，就回來了。」

列維回答「想起來了」，其實他沒有……他確實想起來了這些事、這些人，但他總覺得有哪裡不對勁。他沒見過「梅麗」。

不過，他很快就為自己找到了合理的解釋：梅麗起碼比我小十歲，在我離開家鄉之前，她肯定還是個小孩。一定是因為她的模樣變化太大，所以我對她沒有任何印象。

他隨便寒暄了一下，問了句「威爾斯先生還好嗎」，令他意外的是，梅麗的回答超出了他的想像。

他以為這種問題的答案要嘛是「他很好」，要嘛是認真地告訴別人他如何不好，而梅麗搖著頭嘆了口氣，「看來你不知道那件事……」

「什麼事？」

「不久前，我爺爺走失了，到現在我們都還沒找到他。他年紀大了，人也不是很清醒……」

列維想說抱歉，又覺得這樣回答不太對。那位老人只是走失，又沒確認死亡。他能夠確定的是，他確實不知道自己離開期間鎮上發生的任何事，他甚至不太能想起威爾斯先生的長相，只是差不多知道有這麼個人而已。

梅麗看著列維，深吸了一口氣，像是要做出什麼重大決定。列維不解地看著她，她說：「比起這個，其實我是想跟你說，現在有這麼一件事……你最好去警局一趟。」

列維一愣，「為什麼？」

「他們找你找了三天了。」梅麗說。看著列維滿臉疑惑的模樣，她又連忙補充：「不是，別誤會，他們沒說要通緝你什麼的，就只是在找你。昨天治安官還反覆叮囑我呢，說如果你回來了就告訴他們一聲。或者我打個電話，叫他們來接你？」

說著，梅麗的手已經去摸電話了。列維一頭霧水地阻止她，「不用，我自己去找他們。他們怎麼不……」

他想說，如果真的有什麼急事，他們怎麼不直接打我的手機……話還沒說出口，他又感覺到一種強烈的不協調感，大腦裡有什麼東西在告訴他：這是一個極為愚蠢的問題，根本不該問出口。

於是他就確實沒問出口。不只這個，還有其他方面也很奇怪——他離開家鄉這麼久，萬一不回來了怎麼辦？難道治安官就這麼永遠等下去嗎？

列維買了一條巧克力，和一份帶夾心的麵包。最後付錢的時候，他終於忍不住問梅麗：「我離開這麼久，妳怎麼還記得我？」

「我其實不太記得，」少女坦誠地說，「我只是聽說最近你要回來了。」

「聽說？」列維問，「聽誰說的？」

這個問題讓梅麗遲疑了一下，她面露迷惑，想了想才說：「好像是我爺爺說的吧？

在他走失之前應該提過……好像別人也提起過，大家都聽說了。治安官也說了你要回來。」

「他們怎麼知道我要回來？」列維感到奇怪。

不只他，梅麗也覺得奇怪，「這我就不知道了，反正我都是聽說的……剛才看到你走進來，我就覺得應該是你。你和伊蓮娜長得挺像的嘛，特別是你們眼睛的形狀和顏色。」

卡拉澤一家有東歐血統，從姓氏就看得出來，也許他們的臉上真的有點什麼不同於其他白人的特徵。這樣一想也還算合理。

走出雜貨店，列維習慣性地想去找車子，然後想起自己的車停在了鎮外的山路上。他懊惱地嘆氣，感慨最近怎麼如此不順，頭腦也整天暈暈的，簡直像永遠也睡不醒似的。

既然聽說了治安官要找他，他就暫時先不回家，直接趕去鎮上的警局。他走了好一段時間，才意識到自己忘記了警局的位置。

他腦子裡似乎有個模模糊糊的印象，但是不準確，憑它根本找不到目的地。他忽然擔心，自己該不會連家在哪裡都不記得了吧……

此時他站在路口，背後是一家已經關閉的餐館，對面是間髮廊，髮廊裡沒人。他開始以此處為中心，在腦海裡默默回憶回家的路線……他能想起大概的路線。

他家在小鎮另一頭的山坡上，從這一帶有條近路能過去，說是近路，其實也要走好長一段時間，那一帶在住宅區以外，算是比較偏僻的位置了。他無法去驗證自己的記憶是否準確。剛才他還覺得自己知道警局的位置呢，現在他卻茫然地站在路口。

辛朋鎮人口不多，白天的小鎮安安靜靜，連路人都看不到幾個。列維又穿過一條街，好不容易才找到人問路。

那是個五六十歲的中年男子，正在電線杆上張貼某種啟事。他並沒有像梅麗那樣認出列維來。列維表明身分之後，他才恍然大悟道：「你是卡拉澤家的兒子吧？」

列維點點頭。中年男子雖然不認識他，但也知道「卡拉澤家的孩子好像最近要回來了」，看來小鎮上的消息傳播得就是如此快。

他為列維指了路，警局就在附近了。列維看向他手裡的一疊影印紙，他立刻塞了一張到列維手上，「正好，你剛從外面回來，一路上見過這個人嗎？」

這是一份尋人啟事，失蹤者叫做瑪麗·奧德曼，六十六歲，紙上影印了她不同角度的照片，還寫了她的身高和失蹤時的衣著等等。

與年事已高的威爾斯先生一樣，奧德曼女士也在不久前失蹤了，但與威爾斯不同，她的智力很正常，目前也沒有任何老年退化的疾病，照理來說應該不至於走失。

列維記得這個叫奧德曼的人。當然，他回來的一路上並沒有見過她。

張貼尋人啟事的男人名叫喬尼，他坦誠地自稱是奧德曼的男友。他和奧德曼都在多年前失去了配偶，然後又在鎮上結識了彼此。

因為列維收下了尋人啟事，喬尼的話題一打開，就有些收不住了，他越說越激動，不僅說到奧德曼的失蹤事件，還說起了很多他們曾經的種種。他說奧德曼看似不太合群，其實卻是個溫柔熱心的人，她只在別人需要時施以援手，平時神神祕祕的，喜歡獨處，在鎮上的存在感相當稀薄。

在奧德曼失蹤前，喬尼從沒有以男友的身分自居過，他能確定自己與她互有好感，卻擔心她不接受這樣的關係。後來，辛朋鎮上出了一些事，包括奧德曼在內的幾個人原因不明地失蹤了，其他人都有子女或親朋好友參與尋找，只有奧德曼無人問津。

喬尼終日沉浸在悲痛中，暗暗下了決心，只要某天警方或什麼人能夠找回奧德曼，他立刻就要向她求婚。哪怕她有嚴重的健康問題，或者被檢查出有認知障礙，他也絕對要繼續陪伴她。

列維早就想離開了，喬尼卻拉著他聊個不停。照理來說這種性格的人會很有存在感，可列維竟然完全不記得他。說來也怪，喬尼說奧德曼存在感稀薄，列維反而能想起她大致的形象。

與喬尼的交談也並非毫無意義，列維從中得知，在他離開故鄉的期間，辛朋鎮上還真的發生了一些大事。

某天，一名捕鼠人在廢棄隧道內發現了一種形狀奇怪的塗鴉，他回來彙報此事後，鎮上各處又陸續出現了類似的塗鴉。有人認為只是惡作劇，也有人認為它們和某種邪教有關。

塗鴉出現後不久，有數名居民陸續失蹤，威爾斯先生走失於商業街附近，奧德曼在清理塗鴉的過程中失蹤；有一位名叫泰勒的癱瘓老人，竟然在病床上離奇消失了；還有一位姓詹森的女士，她的兒子目擊了她的失蹤過程，據說她原本站在窗內，一眨眼間人就不見了，後來人們再也沒有找到過她。

失蹤者裡也有年輕人，是當初那位捕鼠人的同事。人們懷疑他的失蹤另有原因，他很可能是進入了小鎮附近山區的廢棄隧道，在其中迷失了方向。

另外，還有幾個人在這期間遠離小鎮，再也沒有回來過，也沒有與任何人取得聯繫，但警方認為他們只是搬家出走，而不是失蹤。

比如馬丁夫婦，有人聽說他們先後去了親戚家；還有羅伯特一家五口，有人在他們家大門上發現一張紙，上面寫著什麼「當局洗腦小鎮居民，使我們自願讓外星人做實驗，所以我們全家逃命去了」之類的胡言亂語。

那段時間前後，離開辛朋鎮的人裡面也包括列維。今天聽到這些事，列維隱約能想起來一些，好像從前確實聽說過有老人失蹤，但他根本沒關心過這些事。後來失蹤案接連發生時，他多半已經去了別的城市。

列維想，這也說得通，當初我根本沒留心這些，到現在才聽說全部的事件。

辛朋鎮的大部分居民當然不相信外星人實驗之類的說法，但也無法給出更適合的解釋。身體健康的成年人為什麼會走失，癱瘓在床的老太太又怎麼可能突然失蹤？

人們懷著擔憂繼續生活，一段時日之後，幸好失蹤案沒有再繼續發生。據說警方已經求助了其他機構，搜尋也一直沒有結束。

直到最近，又一起失蹤案發生了。報案人是一位母親，失蹤的是她七歲的女兒。

失蹤的七歲女孩沒有上學，鎮上的小學裡根本沒有這樣的一個學生，但其母親卻一心認為她是在學校失蹤的。別人對那位母親詢問細節，她又陷入迷茫，一副精神不太正常的模樣。

這對母女近期才搬到辛朋鎮來，鎮上居民們對她們不怎麼瞭解，只知道她們是墨西哥移民，從長相就能看得出來。鎮上的所有人裡，只有一個不到二十歲的少女和她們稍微熟一點，少女名叫艾希莉，也是近期才搬來的外地人。她和那對母女租住同一棟房子，母親外出時，艾希莉幫她照顧過小女孩。

警方當然也詢問過艾希莉，艾希莉對小女孩的失蹤毫不知情，也沒有任何嫌疑。

聽著這些，列維心裡有種怪怪的感覺。名叫艾希莉的年輕女生，墨西哥裔的母女……他總覺得自己在哪見過這樣的人。

照理來說他剛剛回到故鄉，應該不會認識新搬來的居民。

列維和喬尼聊了快半個小時，喬尼終於放過他了。現在列維隱約猜到了治安官要找他的原因，也許治安官想問的也是關於失蹤案的線索。

他仍然不明白的是，為什麼治安官知道他近期會回來？是治安官先知道了，並把這消息告訴了鎮上的人？還是鎮上別的什麼人知道了，再把消息告訴了治安官？

列維很確定，自己沒有和家鄉的任何人聯繫過，甚至連他的母親也不知道他回來了。他們平時關係淡薄，不寫信，也不通電話。

透過喬尼的指路，列維很快找到了鎮上的警局。治安官友好地把列維迎進了辦公室，這讓列維放心了一點，至少這表示自己不是來接受調查的。

列維接過一杯咖啡。治安官到桌子對面坐下，直接說起了新搬來的母女。列維已經聽過一遍小女孩失蹤的事了，治安官說的內容和喬尼說的基本上差不多。說到最後，警官提起了一個新的進展，是喬尼沒有說到的事情。

就在昨天，又有一個外地人跑到辛朋鎮，既不是探親，也不是路過，而是專門來找那位焦慮的母親。

外地人自稱是靈媒，來幫忙調查失蹤案。這人還挺年輕，二十多歲，金髮藍眼，穿著一身去掉了白領圈的神父黑長袍，但並不是任何神職人員。

在所謂的「調查」過程中，他多次打擾其他居民的正常生活，比如「不小心」闖入別人家，比如在深夜製造噪音，比如拉著別人去捉什麼鬼魂……這人雖然沒幹出什麼大壞事，但一直神經兮兮地騷擾居民，警方覺得他很可疑，把他叫來詢問，他自稱認識列維．卡拉澤。

聽了這些，一個十分眼熟的形象在列維腦中浮現出來。

「他是不是叫萊爾德．凱茨？」列維問。

警官一臉困惑，「好像不是……」

列維又問：「他是不是叫『霍普金斯大師』？」

「對，他是這樣說的！」警官鬆了口氣，「還真的是你朋友啊？」

「霍普金斯大師」在偵訊室裡，趴在桌上睡得十分香甜。列維拉開椅子，坐在他對面，他竟然渾然不覺，完全沒被吵醒。

治安官說這人一直如此，好像總是特別累，有機會就睡覺，能躺著就不坐著，能坐著就不站著。縱然如此疲憊，他還是能夠把小鎮居民煩得雞犬不寧。最後一個報警的居民說他半夜在墓地裡遊蕩，還在教堂前的臺階上擺蠟燭進行某種可疑的儀式。

確信列維與此人認識之後，治安官放心地讓列維留在這裡，自己出去繼續處理其他公務。列維的手指慢慢敲著桌子，思考該用什麼方式把「霍普金斯大師」叫醒。

如果是從前，他會直接狠狠拍萊爾德的頭，不過今天他忽然不太想這麼做。

列維去倒了一杯咖啡，咖啡比較燙，熱度隔著杯套也能傳到手心裡。回到桌前，列維拿掉了杯套。萊爾德的手癱在桌上，列維把紙杯放在他手掌裡，然後捏住他的手，幫他緊密地握住紙杯。

萊爾德「嗷」地一聲坐了起來，下意識地想撤回手，手卻被列維牢牢抓著。他掙扎了兩下，列維在他弄灑咖啡之前及時放開了手。

「你這人有什麼毛病！」萊爾德捧著手，悲憤地瞪視著列維。

列維淡然地說：「我看你很睏，所以幫你倒了咖啡。你不應該說聲謝謝嗎？」

「你怎麼會在這裡？」萊爾德搓著手心問。

列維說：「我還想問你呢。你怎麼會來辛朋鎮？是你告訴別人我要回家的嗎？你怎麼知道的？」

萊爾德被他問傻了，愣了一下才反應過來，「等等，什麼意思？你說『回家』……原來你家在這個鎮上？」

「你別裝傻。」

「我沒裝，你就當我是真傻吧。」萊爾德說，「你家真的在這？我確實不知道啊。」

列維問：「那你怎麼會來這裡？你是不是又跟蹤我了？」

萊爾德真誠地望著他，「我是個靈媒，是來調查可疑事件的。我根本不知道你家在這裡，我也沒有跟蹤你。這次沒有。」

什麼叫「這次沒有」……列維捏了捏眉心，「萊爾德，你和治安官說認識我，他才叫我來見你。如果你不是有預謀地跟著我，怎麼會跑到一座這麼偏僻的小鎮上來提我的名字……」

這話再一次令萊爾德陷入了茫然。他微張著嘴，困惑地注視著列維，眼神還有點放空。

過了一下，他像是自言自語地嘟囔著：「好像是的……我確實說了認識列維‧卡拉澤……但是不對呀……是啊，你會產生疑問是很正常的……我為什麼要和他提起你？奇怪了，我提你幹什麼？我是怎麼知道你在這裡的？」

「這些要問你自己。」列維雙手環胸看著他。

「我問我自己了，結果是我不知道啊。」萊爾德說。

列維和他對視了片刻，慢慢站起來。萊爾德也立刻跟著起身，「你要走啦？我們一起走……」

列維走到門口，「霍普金斯大師，既然你不說實話，我也沒有審問可疑人士的本事，那我就只好讓警方好好調查你了。你就留在這裡吧，不要出去亂跑了。」

萊爾德連忙拉住他，「我知道小鎮居民都很重視熟人之間的關係，你和治安官認識，你就好好和他說說吧，讓他放我走肯定不難。畢竟我也沒幹任何壞事啊，我就是看起來有點像參加邪教的變態而已。」

虧你自己也知道……列維的眉毛抽了一下。

萊爾德繼續懇求著，「你來都來了，這代表你肯定是想見我的，對吧？把我留在這對你有什麼好處？」

列維說著轉身要出去，「好處？有很多好處啊。比如有利於我的心理健康。」

萊爾德撲上去摟住他整條手臂，音量瞬間加大，「別這麼冷酷無情！求你了！出去之後我什麼都聽你的！你讓我做什麼都可以！」

「你他媽小聲點！」列維後背一寒。他想裝作若無其事地移開目光，卻正好對上大廳裡幾位警官震驚的眼神。

幾分鐘後，列維還是帶著萊爾德離開了警局。兩人走在小鎮安安靜靜的道路上。

列維總覺得萊爾德看起來怪怪的，有什麼地方和過去的印象不一樣，仔細想了想之後，他才意識到，今天的萊爾德沒戴眼鏡。

他問萊爾德為什麼沒戴眼鏡，萊爾德又一次陷入茫然。

不僅如此，萊爾德平時隨身的銀色手提箱也不在身邊，他喜歡的骷髏頭長柄傘也沒帶。萊爾德自己也覺得不對勁，他琢磨了很久，想到了一個比較合理的解釋：他一定是把行李放在附近的汽車旅館裡了，然後分秒必爭地趕來小鎮進行調查。

最近他總是很累，身體狀況不太好，整個人暈暈的，特別容易犯錯忘東忘西，可能是之前的舟車勞頓造成的。

萊爾德身上唯一的隨身物品，是褲子口袋裡的一塊充電電池。電池厚厚的，像是給比較舊型的手機或者其他電子設備用的。萊爾德說，這確實是給手機用的電池，手機比較特殊，不是現在那些新款機型，算是某種意義上的訂製產品。

想起手機，他也順帶回憶起了到小鎮之前的事。他以前也調查過別的失蹤案，一位名叫安琪拉的老年婦女自述曾在自家公寓裡失蹤，然後又神奇地忽然回來了，之後她畫過很多簡易示意圖，圖上似乎是她失蹤期間去過的地方。後來她在恐慌發作時撕碎了那些圖畫，萊爾德又把它們重新拼接在一起，並且拍照後存在了手機裡。

萊爾德能想起這些，卻不太記得安琪拉的失蹤到底是怎麼回事……反正那個人應該是已經回家了。

他記得比較清楚的是，他接下了一個委託，是名叫瑟西的女性想尋找失蹤的女兒，於是，他因此來到了眼前的小鎮。

他是第一次來，卻覺得這裡有種詭異的熟悉感，他先後接觸了當事人瑟西，以及瑟西的室友艾希莉。在與她們一起調查的過程中，他走過了辛朋鎮的很多區域，漸漸意識到一件事——他用手機拍攝過的，那位安琪拉女士畫下的簡易地圖，其道路結構與辛朋鎮極為相似。但是，無論是萊爾德還是安琪拉，都從沒有來過辛朋鎮。

萊爾德曾經總是捧著手機琢磨那些地圖，所以對它的印象很深，現在仍然能想起不少細節。畫它的人並不專業，圖上沒有精確的比例尺，也沒有統一的圖例，不過地圖的細節非常生動，連每間房子房門的位置都標得非常清楚。

萊爾德越想越覺得地圖和辛朋鎮結構一致，很想拿著地圖對照看看。可他怎麼都找不到那支手機，也想不起可能把它丟在了哪裡。

他只好先依靠記憶，尋找在地圖上像是比較重要的位置，並且在這些位置試著做一些特殊的事情，比如某些靈媒儀式之類的……用他的話來說，「雖然我也不知道有沒有用，但是試試再說嘛」。

「能有用才怪呢，」聽完這些，列維嗤笑道，「你那些儀式不是從電視劇上學的嗎？」

萊爾德說：「也有從電影裡學的。你不是從來都不喜歡看電影和電視嗎，怎麼知道我是從哪裡學的？」

列維本來想說，我確實不愛看，但沒事的時候打開電視總會看到一些，而且我還做過綜藝節目製作人的助理，相關的東西也看過不少……

忽然，他又覺得不太對勁。

「你怎麼知道我不愛看電視？」列維問，「我可沒這麼說過，我懂的流行梗比你還多一點呢。」

萊爾德想了一下，說：「你好像確實沒說過……怪了，那我是聽誰說的啊？」

他們的對話好像出現過無數次，兩人的關係似乎非常熟悉，又似乎極為陌生。他們自然而然地有問有答，卻說不出自己為何會給出這樣的答案。

兩人默默並肩走著，一種怪異的氣氛籠罩在整條街道上。空氣安靜澄澈，卻令人倍感不安，彷彿置身於颱風眼中的晴空之下，不知暴風何時又會降臨。

最後，列維決定不再糾結這些沒來由的微妙感覺。他把萊爾德帶去了郊外，現在有人能幫忙推車，他終於可以把車子開出土溝了。

萊爾德聽說了這輛車的經歷，又把列維開車容易迷路的事嘲笑了一番。列維問他，那你是怎麼來的，是也開了車，還是坐巴士到附近城市？萊爾德答不上來。

這當然也不正常。但列維和萊爾德誰都沒有繼續深入這個問題。

在萊爾德的幫助下，列維終於把車輪開出了小土溝。萊爾德熟練地拉開車門，坐進副駕駛座，一下抱怨安全帶的護肩太破舊，一下打開置物箱翻翻找找，一下又打開收音機不停換電臺。

此情此景也非常熟悉，列維暗暗想，我和這個煩人的傢伙到底認識了多久？以前他也坐過我的車，我們去幹什麼事情來著？

「你能安靜一下嗎？」列維忍不住吼他。

萊爾德說：「我上車後並沒有多說什麼，也沒有指導你怎麼倒車和在哪拐彎，今天我已經夠安靜了。」

列維說：「別和收音機較勁了，隨便哪一臺都好。」

萊爾德轉了好幾個電臺，說是想找資訊或談話類節目，車內收到的全都是音樂節目，而且每臺播放的都是很老的歌曲。

歌曲不僅古老，而且還都是萊爾德挺熟悉的歌。他能跟著哼起來，尤其是現在正在播的這首《加州旅館》。

有的人喜歡聽老歌，但萊爾德不總是這樣，有的時候，一首歌會帶起人的某段記憶，即使忘記了記憶中的細節，當時的情緒與感受也會躍然心上。

電臺裡的歌曲令萊爾德感到莫名慌亂。

他繼續不停轉臺，怎麼也找不到其他節目。於是他嘆了口氣，只好接受現實。大概是小鎮這一帶實在太偏僻了，收音機只能收到為數不多的本地電臺。

車子開進小鎮時，已經臨近黃昏。列維明明早晨就到了小鎮，卻在各種莫名其妙的事情上消耗了一整天。

「你住在哪？」列維問。

萊爾德沒反應過來他的意思，列維補充說：「你住在什麼地方？我開過去，把你放下。」

「我沒地方住，」萊爾德一臉坦然，「我昨天才來，一來就跑來跑去的，根本沒有閒下來，然後就被請到警局去了……」

「怎麼，你不是住在那個女的家裡嗎？就是丟了小孩的那家人。」

萊爾德說：「當然沒有，她家乂不大，根本沒有我能住的地方。我既不能和女主人睡同間房，又不能睡失蹤小朋友的兒童房，也不能睡另一個租客艾希莉的房間。」

「你還可以睡客廳沙發。」列維說。

萊爾德想了想，突然問：「我睡你家好嗎？」

列維學著剛才萊爾德說的句式，「我家也不大，根本沒有你能住的地方。你既不能和我媽媽睡同間房，也不能……」

萊爾德打斷他的話，「我和你睡一間又有什麼不行？等一下……列維，你在往哪開？你們家距離鎮中心這麼遠嗎？」

列維看了看左右景物，他猛然發現，自己好像根本不是在按照記憶中的路線行駛，而是按照直覺選擇路線。或者，說得更簡單點，他忽然忘了應該走哪條路。

他沒有說出來。如果說出來了，萊爾德肯定又要笑他開車迷路。

他暗暗耍了個心眼。他找到一家冷飲店，在門口停了一下車，讓萊爾德在車內等他，他跑進去假裝要買飲料帶回去。其實他是去問路的，一直生活在小鎮內的店員肯定會知道卡拉澤家的大致位置。

回來的時候，他拿著啤酒，並且終於知道自己家在哪了。走近車旁，他發現萊爾德低著頭，手裡捧著兩支手機。其中一支是樣式古老的黑色按鍵機，另一支有比較大的螢幕，螢幕是熄滅狀態，機身厚得離譜，看上去不像是手機。

列維覺得它們有點眼熟，但應該不是自己的東西。

「怎麼，終於找到手機了？」列維問著，想把啤酒放進後座，打開門後，他發現自己的背包是敞開的，裡面的東西顯然被翻過。

「你翻我東西做什麼？」他丟下啤酒，坐回駕駛座，思考著應不應該把萊爾德趕下車。

萊爾德抬頭看著他，舉起手裡的兩件東西，「我的手機為什麼在你背包裡？」

列維一愣，「怎麼可能？」

「它真的在啊，」萊爾德又低下頭，皺起眉，「你別激動，我沒有說你是小偷。這根本不正常……我們上次見面是什麼時候？我想不起來了，反正是很久以前了吧？然後過了那麼久，我們今天才又遇到。我的手機……怎麼可能有機會跑到你背包裡去？這不合理啊……」

「你怎麼會想到要翻我的東西？」列維仍然很在意這一點。

萊爾德舉起那支比手機更厚的東西，「剛才我忽然聽見一種聲音，像是關倉庫門時的那種警報聲一樣，聲音只響了一下，好像是從你背包裡傳出來的。我以為是你的手機在響，後來又覺得不像……然後我想起這種儀器，它會發出那樣的警報聲……於是我就去翻了你的背包，想找找是不是它，雖然我找到了，但它好像並沒有發出任何聲音……難道是我聽錯了……」

「所以，這是什麼東西？」列維問。他其實也覺得眼熟，只是想不起來這究竟是什麼。

萊爾德凝視著儀器，翻來覆去地看，最後也說：「我也想不起來了……」

列維半天都沒發動車子。兩人保持了好久的沉默。

無論是他們的相遇，還是相遇後的種種細節，其中的異常之處簡直多到了無法忽視的程度，可他們誰也說不出個所以然。

好像有個善於潛伏的魔鬼在戲耍他們，在與他們捉迷藏。它只閃現在眼角的餘光裡，氤氳在暗淡的薄暮中，每次引起你一瞬間的戰慄之後，就立刻遁入虛無，將平靜祥和歸還於你。

在停車之前，列維還考慮過要如何把萊爾德趕下車，現在他不這麼想了。他發動車子，直接開往自己家的方向。他認真地感覺到，自己需要和萊爾德談談。

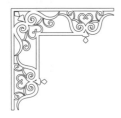

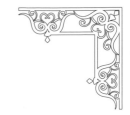

SEEK NO EVIL

CHAPTER TWENTY SEVEN

【山丘上的家】

卡拉澤家位於小鎮的西北角，建在一座有幾十級臺階高的平緩小丘上。小丘上遍布植物，植物又欠缺修整，全憑天性瘋長，房子完全掩蔽在了綠意之中。外牆沒有粉刷，直接呈現著石磚的原色，磚上爬滿了藤蔓，遮住了大部分窗戶，只有正門還完整地露在外面。

當列維把車停在路旁，指著那座小山丘時，萊爾德看了半天，硬是沒找到山上哪裡還有房子。

其實連列維自己都不是很肯定……他對這個模樣的建築物毫無印象。剛才冷飲店的店員描述過這棟房子，位置沒錯，小山丘的特徵沒錯，房子的模樣也沒錯。等他走上臺階去，看到門牌號碼，就能肯定這確實是自己家了。

然後列維又發現一件尷尬的事情，他敲了門，家裡沒人，並且他沒有鑰匙。他離家多年，好像從沒有帶過自己家的鑰匙。

萊爾德提醒他可以在門邊找找備用鑰匙，比如門框的邊緣上方，或者臺階附近的石頭下面之類的。列維簡單找了一下，覺得這些地方不可能有鑰匙，他家外面並不是那種精心打理的庭院，而是一副無人修葺的野地模樣，看起來根本沒有特定的地方能藏鑰匙。

在無意中，列維轉了一下門把，門直接被打開了。起初他有點緊張，但門鎖並沒有被破壞過的痕跡，他只好認為這是小鎮生活的特色，也許辛朋鎮就是一個夜不閉戶的地方。

踏進房子之後，列維被一種熟悉的氣味包圍，他回憶不起來具體的經歷，只覺得整個環境都溫暖舒適。

腳下是深色木地板，門前鋪著卡其色的腳墊，站在門前可以看到通往二樓的階梯，階梯下面有一間儲藏室，門上掛著小鎖頭。在階梯背後，正對著屋門的地方還有一扇門，門大敞著，能看到裡面是一間不大的書房。

左手邊是客廳，客廳裡面的窗戶開著，灰色遮光窗簾被束在旁邊，白色的半透明紗簾隨著微風輕輕飄動。現在是傍晚，室內比較昏暗，不過即使是中午，陽光大概也透不進來多少，這都是因為外面的大量植物。右手邊是廚房和餐廳，廚房裡有一扇後門，門內堆了幾個紙箱和兩把疊在一起的矮凳。看來平時根本沒人會開啟後門，大概門外已經被藤蔓堵得密不透風了。廚房非常乾淨，幾乎沒有雜物，流理臺上甚至顯得有點空曠，這棟房子的主人平時應該很少下廚。

列維的目光掃了一圈，又收回來，看到門邊的鞋架。鞋架上有一雙男士皮鞋，一雙男士拖鞋，三雙女性的平底鞋。看起來伊蓮娜不怎麼喜歡高跟鞋。

列維心中感慨，我真是太久沒有回來了……上次離開家是多久之前了？現在我竟然對自己的家毫無印象，就像在參觀陌生人的房子。

萊爾德在後面戳他的背，讓他閃開點，不要站在門口擋路。列維還沉浸在自己的思緒裡，所以非常配合地讓開了。

萊爾德走進房子，到處亂逛，在餐桌上找到了一張便箋，從看落款來看，是伊蓮娜留下的。她只寫了寥寥幾句，大意是她暫時出門一趟。便箋寫得非常敷衍，沒說去哪，沒說什麼時候回來，也沒說到底是留給誰的。

萊爾德拿著便箋問：「你母親知道你要回來嗎？」

「應該不知道吧……」列維剛去客廳走了一圈，現在正在書房門口往內看。

「那這就是她留給你父親的了。他也不在家，他知道你要回來嗎？」

列維從書房門口回過頭。萊爾德的問題在他心中投下一顆石子，激起某種令人不適的漣漪。

「我父親……」列維琢磨了片刻，「你說誰？」

「我哪知道你父親是誰？」萊爾德說。

列維走進書房。書房不大，而且沒有窗戶，或者說曾經有，現在已經被蓋住了。窗戶裡面是堆成高山似的書本紙張，外面則是密密麻麻的樹葉藤蔓。

他打開燈，開關旁邊正好有個五斗櫃，上面也堆著書本，書本和牆壁之間擠著一枚相框。

列維拿起相框，裡頭是一男一女的全身照。他們站的位置就是這棟房子門前，兩人都非常年輕，看上去最多不超過二十歲，應該還沒到為人父母的年紀。兩人都是棕色頭髮，皮膚白淨，眼睛在白天的光線下看不出顏色，五官有著微妙的相似感。

列維仔細看著照片上的每個細節，在這兩人的頸間看到了熟悉的飾品。銀色項鍊，下面掛著六芒星和希伯來字母組成的吊墜。

沒錯，這個女人就是伊蓮娜・卡拉澤。列維想起來了，他記得母親的長相……這說法好像有點奇怪，他怎麼可能不記得母親的長相？

當他特意去回憶時，他能想起來的不是伊蓮娜生動的形象，而是在很久以前，好像有人給他看過一張照片，照片上的女人是他母親，比現在這張照片裡的伊蓮娜年紀稍微大一點，但確實是同一個人。

伊蓮娜的另一張照片是什麼情況下拍攝的，又是誰給他看的，他完全想不起來了。

萊爾德也湊了過來，看著他手裡的照片問：「這是你父母年輕的時候？」

「不是。」列維下意識地回答。

說完之後，他又憑直覺繼續說下去：「這是伊蓮娜，確實是我媽媽，但這個人……」他的手指拂過照片上男性的臉，「他應該是丹尼爾．卡拉澤。」

萊爾德不解地看著他。列維說：「但是丹尼爾不是我父親。」

這句話之後，萊爾德半天沒吭聲。列維忽然從有些恍惚的狀態中清醒過來，往旁邊一看，萊爾德用頗有深意的表情注視著那張照片。

「我不是那個意思，」列維皺眉，「不是你想的那種意思。」

萊爾德撇撇嘴，「我什麼都還沒說呢。」

列維把相框塞回原處。他心中有個清晰的念頭，丹尼爾．卡拉澤不是自己的父親，而且他對這個人毫無印象。剛才看到照片，他才第一次知道此人的長相。

萊爾德站在一邊，難得地保持著正經，「但是你說他們都姓卡拉澤，姓氏一樣，如果不是夫妻，那就是兄妹或者姐弟了？」

「也許吧……」列維轉身離開，一種奇怪的執念牽扯著他，讓他很想慢慢探索這棟房子。

他離開書房，走上樓梯，二樓應該是主臥室和他的房間。他太久沒回來了，已經記不清自己的房間該是什麼樣子了。

二樓有三間房間。最靠近樓梯的是又一間書房，比樓下的書房大一些，凌亂程度看起來差不多；第二間是單人臥室，裡面的家具很少，只有一張單人木床，一張和書櫃連在一起的條板桌，和一個貼在牆角的塑膠箱。

第三間也是臥室，裡面家具也不多，書櫃及書桌和上一個房間的樣式相同，可能是同時購買了兩套。這房間裡擺的是雙人床，但應該只有一個人睡，因為床上的枕頭只有一個。除此之外，在雙人床和窗戶的夾縫裡，還擺了一張白橡木色的小嬰兒床。嬰兒床有些舊，看起來應該是多次轉手的舊家具，小床裡鋪了床單，周圍卻沒有擺放任何玩具或嬰兒用品。

萊爾德看了看嬰兒床，問：「這是你小時候睡過的？」

列維走過去，手搭在白橡木欄杆上，先是盯著小床裡床單的皺褶，又環視整個房間。

從前，列維回憶過自己小時候的房間。他能想起個大概：房間沒有窗戶，床是上下鋪，他的桌子上有七個綠色塑膠小兵，另一張桌子上好像有茶具之類的東西……那時列維還覺得奇怪，為什麼我印象中的房間裡有雙層床？伊蓮娜應該只有自己這一個孩子，是她認為將來還會有別的孩子，所以提早做的準備嗎？

現在一看，他記憶中的房間不是這裡。他的家裡沒有那樣的房間。他姑且猜測，自己記憶中的房間也許是寄宿學校之類的地方。一定是這樣。

列維的眼神有點放空。他退出這間臥室，回到上一間擺著單人床的臥室，站了片刻，又搖搖頭退了出去。

萊爾德問他怎麼了，他慢慢轉頭，望著萊爾德，「這裡沒有我的房間。」

「那不是你的房間嗎？」萊爾德指著有單人床的臥室。

說完之後，他立刻又「哦」了一聲，也意識到了古怪之處——如果那對姓卡拉澤的男女不是夫妻，而是姐弟，那麼他們就不會一起睡在有雙人床的房間。更何況，那張床上確實只有一套寢具。

雙人床房間應該是伊蓮娜的，單人床房間是丹尼爾的。但如果是這樣，列維小時候又住在哪裡？他不可能還在襁褓裡就離開家，他的嬰兒床還留在母親的床邊，可是個人的房間卻不見了？難道他的童年一直和母親同住？或者是睡在書房？

萊爾德想了想，問列維：「會不會是你母親把你的房間改成書房了？你們家有兩間書房呢。」

列維沒回答，只是搖了搖頭。萊爾德也不知道他想表達什麼，是不認同，還是不知道。

列維又慢慢下了樓，走進客廳，坐在沙發上，背對著徐徐飄動的白紗窗簾，面對著款式十分復古的電視。電視圓滾滾的，上面有好多個實體按鍵，現在已經很少能看到這種老古董了。

電視當然是關著的。黑漆漆的玻璃上倒映著列維的模樣。萊爾德在他身邊坐下，茫然地看著他。

忽然，列維表情一震，他衝到門邊，把剛才丟在鞋架旁的背包拎了進來。他在背包中翻找著，拿了幾樣東西出來看了看，有剃刀，有打火機，還有沒電的手機和充電線。

他看著萊爾德，「你的手機能換電池。」

「對，怎麼了？」萊爾德說。

「我的手機不能換。」列維低頭盯著背包敞開的拉鍊，就像在凝視什麼神祕的深淵。

萊爾德更迷茫了，「你怎麼想起這個來了？很多手機不都沒辦法換電池嗎？至於我的手機……它比較特殊，這是工作用的，和你的不一樣。」

「我知道了……」列維像是自言自語般，「我就覺得哪裡不對勁……我知道了……」

萊爾德也覺得身邊的一切都不對勁，但他並不確定自己的感受和列維一樣。

他沒有催促，而是靜靜等著列維說下去。

列維回憶起進入辛朋鎮之後的所有事情。

小鎮邊緣的雜貨店裡，那個名叫梅麗的女孩，自稱是威爾斯先生的孫女，不僅如此，她能夠認出列維，還說他和伊蓮娜長得像。還有在鎮內張貼尋人啟事的喬尼，他要找的人是六十六歲的奧德曼女士，奧德曼女士與威爾斯先生在同一段時間失蹤了。

他們都說失蹤事件是「不久前」發生的，人們在使用這樣的表達時，通常所指的不會是很多年前的事情。現在警方還在調查失蹤案，所以失蹤案發生的時間應該距離現在不算很遠。

還有，梅麗二十歲左右，她認識伊蓮娜，而列維想不起來梅麗。梅麗的爺爺威爾斯在「不久前」失蹤，失蹤時已經是個古稀老人。

梅麗說治安官找了列維「三天」了。治安官之所以尋找他，目前看起來是因為要與他談外地人萊爾德的事情。而萊爾德是「昨天」來到辛朋鎮的。

治安官放話要找列維，卻從沒試著撥打列維的手機。

「他們的言行對不上……每個人說出來的細節都對不上，甚至年齡都對不上！」列維看著電視螢幕反光中的自己，「在我的記憶裡……老的人一直都很老，年輕的人一直都很年輕……這怎麼可能？」

萊爾德有點沒聽懂。列維從背包中拿起自己的手機，又指了指萊爾德的手機，「你的手機還能開機嗎？」

「不知道……」萊爾德誠實地回答。

「你把電池換上。你不是說手機裡存了什麼地圖嗎？反正也得用，你現在就換電池。」

萊爾德依言照做了。他的手機和列維的不太一樣，不僅是款式早了幾年，還有一些別人沒看過的功能和圖示。

「沒有訊號，也沒有網路。」萊爾德看著手機螢幕。他的第二塊電池是滿電的。

列維默默走出客廳，在房子裡到處走來走去。萊爾德不知道他在做什麼。等他回來的時候，他把三本桌曆和半張牆面海報扔在沙發上。

「這是我看見的所有日曆。你看。」列維說。

萊爾德沒有看具體日期，只看年份就夠了。四種不同的日曆上，寫著的年份都是「一九八五」。

列維問：「一九八五年的時候，你出生了嗎？」

萊爾德沉默了片刻，說：「別這麼緊張……這不是科幻電影，也許只是你母親有收集舊物的癖好。」

列維重新坐下來，「萊爾德，你為什麼要來辛朋鎮？」

「有個小孩失蹤，我來查這件事。」

「誰告訴你的？」

萊爾德愣了一下，不確定地回答：「我記得……好像是瑟西告訴我的？瑟西就是那小孩的媽媽，我之前去過她家。」

列維又問：「在這之前呢？」

「什麼之前？」

「在你接到這個求助之前，你在哪裡，在做什麼，在什麼情況下接到了求助，又是坐什麼交通工具來到辛朋鎮的？」

萊爾德半天沒有回答。

列維嘆了口氣，「你想不起來，對吧？我也是。」

萊爾德看著列維，整個人像被凍住了一樣。

兩人沉默了起碼有一分多鐘，萊爾德慢慢彎下腰，手肘撐在膝蓋上，一隻手捂住心口，臉色變得有些難看。

「你怎麼了？」列維問。

萊爾德搖搖頭，小聲說不知道。剛才他的思路就像被什麼束縛住了一樣。他想為這些詭異的疑問尋找答案，可是想著想著，胸口深處卻突然一陣刺痛。

他一手抓緊胸前的衣服，一手顫抖著拿起手機，滑開相簿。相簿裡是他拍攝下來的手繪地圖，出自一名曾經在自己家中失蹤的老婦人。她從未到過辛朋鎮，地圖的結構卻與辛朋鎮極為相似……

昨天萊爾德抵達了小鎮，來回亂逛了好幾趟，他覺得道路結構十分眼熟，然後他想起了這份地圖。他曾經整天捧著電子版的地圖努力琢磨，已經把道路結構大概記在了心裡。一定是因為這樣，他才會覺得辛朋鎮的道路非常眼熟……

不，不只是這樣。

萊爾德再一次盯著手機裡的地圖，本意是想再確認一下這件事，可是，在聽了剛才列維的疑問之後，他再想起小鎮上的種種，心中又浮現出一種前所未有的感覺。他覺得小鎮的結構熟悉，並不僅是因為他常常端詳地圖。

他不僅是熟悉地圖……他來過這裡……

列維問他「是坐什麼交通工具來辛朋鎮的」，他什麼交通工具也想不起來。聽到這個問題後，他腦海中首先浮現出來的不是汽車或軌道，而是一扇紅銅色的門。門開在衣櫃裡，但它不是衣櫃的櫃門。萊爾德的視野飄動著，慢慢拉開門把……

自己的視線出奇低矮，就像是在跪著行走，或者是以小孩子的身高在行走。與此同時，身後傳來一聲女人的尖叫，慌亂的腳步聲緊緊追了過來……

「萊爾德？萊爾德！」列維一伸手，剛好把向前栽倒的萊爾德接在懷裡。

萊爾德閉上眼睛，面色蒼白，左手繼續抓著胸口的衣服，右手把手機丟在了地毯上，改為抓緊列維的衣襟。

「列維……」他的聲音很虛弱，整個人前一秒還非常正常，現在卻忽然像是重傷瀕死，「我想起來了……我想起來了……我們……」

「你說什麼？」列維貼近萊爾德，他聽不清楚萊爾德說的話。

萊爾德大口喘氣，好不容易才又說出一句話：「我們……離開崗哨……」

聽到「崗哨」這個詞，列維全身不由自主地戰慄了一下。

他還沒來得及思考其中含義，萊爾德忽然睜開眼，短暫地與他四目相接，然後，萊爾德的眼珠癲狂地轉動起來。

這不是因為疾病產生的眼球震顫，而是萊爾德在主動看著某些東西。就像是房間裡充滿了透明的恐怖事物，而萊爾德目不轉睛地盯著它們。

列維想出言詢問，這時，萊爾德開始掙扎著尖叫。

列維完全嚇呆了。光是聽著這扭曲的叫聲，就足以讓人心驚膽戰，他完全無法想像，萊爾德到底看見或感受到了什麼東西？什麼東西能令人驚懼至此？

為了壓制萊爾德的掙扎，他把萊爾德抱緊，試圖讓他冷靜下來。過了片刻，萊爾德的動作減弱了，手臂軟軟地垂了下來，身體也不再緊繃。最後，萊爾德終於不再動彈，徹底失去了意識。

列維跪在地毯上，放鬆了手臂，困惑地看著萊爾德淌滿淚水的面孔。

萊爾德昏睡了過去。列維把他平放在沙發上，檢查了他的眼睛和脈搏，他確實是在睡，而不是休克什麼的。他睡得很沉，呼吸聲沉重且有規律，列維試著叫醒他，他就像所有貪睡的人一樣敷衍地哼了兩聲，翻個身，背對著吵他的人，把身體蜷縮了起來。

剛才萊爾德的症狀十分駭人，像是恐慌發作，伴隨癲癇，最後還當場昏倒……可是列維一點也不覺得驚慌。他被嚇了一跳，但並不擔憂，他下意識地認為，這些事情發生在萊爾德．凱茨身上並不稀奇。

列維坐在沙發邊的地毯上，皺眉沉思了片刻，看看熟睡的萊爾德，又看看安安靜靜的室內，最後拿起了萊爾德的手機。

萊爾德昏倒的時候，手機螢幕是亮著的，現在也還沒變成鎖定狀態。列維並沒有任何偷看別人隱私的罪惡感。

這支手機真的挺奇怪。外觀類似舊款的黑莓機，但又不完全一樣，整臺機身找不到任何商標。起初列維以為手機上沒有螢幕鎖定，結果當他點擊像是相簿的圖示時，螢幕上卻跳出一個請求授權的畫面。畫面上只說需要授權，完全沒有說到底是要密碼還是要指紋什麼的，而且這手機是支按鍵機，要在哪感應指紋……

在他疑惑的時候，畫面自行消失了，不需要他返回，相簿在幾秒後自動關上了。

列維十分驚訝，甚至比看到萊爾德昏倒還要驚訝。他又試了幾個別的應用程式，流覽器也好，簡訊也好，通話記錄也好，全部都是和相簿一樣的情況。最後只有音樂播放能正常打開，而且裡面並沒有音樂。

「你到底是什麼人啊……」列維回頭看向萊爾德的睡臉。

然後列維又幹了一件非常不堪的事情，他慢慢把萊爾德挪回仰躺著的姿勢，輕輕抬起萊爾德的手，按著萊爾德的指頭，用他的手操作手機。結果還是不成功，手機上該打不開的東西還是打不開。天知道它要求的到底是什麼樣的授權。

列維放棄了。反正他又不是真的要窺探隱私，他只是對那個「疑似辛朋鎮的簡易地圖」感興趣而已。看來只能等萊爾德睡醒，再一起商量這件事。

列維回憶起來，以前他開著車的時候，萊爾德經常坐在副駕駛座上複習這份地圖。萊爾德一直在琢磨它的各種細節含義。那時萊爾德很流暢地滑動著相簿裡的圖片，好像也沒有總是輸入密碼或者用指紋解鎖之類的……

想到這，列維又忽然發現一件事：我回憶起的，到底是什麼時候經歷的畫面？我開著車，旁邊是萊爾德，萊爾德在研究手機裡的資料……這是什麼時候發生的事？

他一邊想著，一邊注意到窗外的光線變化。夕陽西下，微風吹動樹葉，偶爾有自行車的聲音從窗外道路上掠過。

他今天一直沒吃什麼東西，但他並不餓。他翻開背包，尋找早些時候在雜貨店買的巧克力和夾心麵包，卻怎麼也找不到這些東西。背包裡沒有，身上的攝影背心口袋裡也沒有。

他跑出去，到車裡找了找，車裡也沒有。他還想起來，自己曾經下車去問路，順便買了啤酒……啤酒去哪了？他把它放上車了嗎？

列維關上車門，忽然覺得車子也十分怪異。這是一輛淺藍色的雪佛蘭，看起來古老而陌生。

他應該是開著它回家的，但忽然之間，他覺得自己從沒見過這輛車。

隨著他努力回憶，熟悉的畫面流入腦海。剛才他回憶起萊爾德看手機的樣子，在那個畫面裡，他開的也不是自己的車，而是一輛五門小客車，白色的，後照鏡上掛著一個小小的吊墜，上面好像有一家三口的照片。

他自己的車子也是五門轎車，是一輛二手福特，而不是淺藍色的舊款雪佛蘭。這是顯而易見的事情，又不是什麼難以發現的細節，奇怪的是，他為什麼現在才意識到？

他站在車子旁邊發了一下愣，無意間抬起頭，正好望向房子所在的山坡。茂密的樹木枝葉遮擋住了房子大部分的外觀，但從這個角度，他正好能看到一小塊樹影下的二樓窗戶。

昏暗的室內，有道人影站在窗邊，一隻手搭在玻璃上。

列維身上泛起一陣雞皮疙瘩，轉身朝房子跑回去。儘管只是短暫一瞥，但他很確定那並不是留在客廳的萊爾德。

房子只有正門能走，廚房方向的後門被各種雜物堵住了，小山丘上只有一條能走人的階梯通向正門，其他方向的植物都茂密到讓人無法下腳。

列維出來的時候沒看到任何人靠近房子。那個人……或是別的什麼，要嘛是硬從灌木中靠近房子，然後趁列維沒注意溜入正門，要嘛是一直在房子裡面，列維和萊爾德都渾然不覺。

列維走進屋內，聽到二樓傳來赤腳走在木地板上的聲音。他跑上樓去，進入每間房間，甚至打開了書櫃和衣櫃，二樓空無一人。

當他折返回樓梯邊，剛要下去的時候，在一樓走廊通往客廳的方向，正好一隻腳走了過去。

那人的大部分身體都被一樓的天花板擋住了，從列維的角度只能看到一隻腳。它輕抬起來，走向客廳。

列維立刻追下去。客廳裡只有繼續昏睡的萊爾德，依然沒有其他任何人。列維檢查了一下萊爾德，萊爾德沒有醒，也沒有被傷害的跡象。然後他到處搜了一圈，連廚房也看過了。

他回到客廳，坐回沙發上，仔細回憶。在樓梯上看到那隻腳的瞬間，他能看清對方的膚色，甚至能看到赤腳上沾著的泥土。那個人的小腿很細，皮膚蒼白，腳形瘦長，看起來像是非常纖細的少年或是女性的腳。

還有那個窗口的人影。他沒看見那人的面容，但能依稀從輪廓看出對方留著長髮。

一陣急促的敲門聲打斷了列維的思索，還小小地把他嚇了一跳。

列維攏了攏頭髮，起身走向門口。門外站著的正是那位前不久報案女兒失蹤的母親，剛搬到鎮上的瑟西女士。

開門的瞬間，列維忽然想到：我好像認識她。為什麼我已經認識她了？

列維一言不發，瑟西也有些茫然。這個為她開門的人表情十分微妙，皺著眉，像看什麼神祕現象一樣盯著她，弄得她一時也不知說什麼好。

列維本來是想問「妳找誰」，一開口，卻莫名其妙地蹦出一句：「妳還沒找到米莎？」

答。

米莎是誰啊？對了，是她女兒，那個據說在近期失蹤的孩子。列維在心裡自問自

他臉上的表情越發茫然，和說話的語氣有點不協調。瑟西又盯了他好一段時間，才試探著問：「我們確實還沒有找到她……請問你是……」

列維剛要回答，瑟西自己接上了下半句，「是列維．卡拉澤對吧？」

「你知道？」列維問。

瑟西想了一下，說：「好像一開始我也不知道……對了！我是想找萊爾德……不對，他好像說自己叫霍普金斯大師。我原本約他下午見面，卻怎麼也找不到他，我去問了幾個人，聽說他來這裡了。人們說這裡是卡拉澤家。」

列維轉過身，「妳先進來說。」

瑟西點點頭，準備邁開腳步時，她停頓了一下，站在門廊上說：「我想……還是算了。萊爾德在這裡對吧？能幫我叫他出來嗎？我們出去談。」

列維回頭看她，「他在，妳可以進來和他聊。」

瑟西說：「我和你的家人還不怎麼認識，突然貿然打擾，這樣不太好。我還是和萊爾德在外面說話吧。」

列維笑了笑，「妳不是怕打擾我家人，妳是怕我吧？」

獨身一人的女性被邀請進入陌生男人的房子，屋裡還可能有更多她不認識的陌生人……如果這位女性的警覺心夠高，她確實不會貿然走進來。

瑟西面帶尷尬，想解釋，列維擺了擺手，「沒什麼，我能理解。不過現在情況有點特殊……」他探身去看了一眼客廳，「萊爾德睡著了，我不知道能不能叫得醒他。不如這樣，妳等我一下，我去叫他，如果他能醒過來，我們就出去找個地方聊。」

瑟西同意了。當列維回到屋裡去叫萊爾德時，瑟西向後又退了幾步，走下門廊，與房門拉開距離。

剛才她確實很尷尬。她感到恐懼，但她恐懼的對象並不是列維・卡拉澤。甚至，當列維打開門的時候，她還對他產生了一種奇怪的熟悉感，覺得他並不是陌生人。

列維叫她進屋時，她也同意了，她確實打算走進去。她的一隻腳剛要抬起，馬上就能碰到門內的地墊，她已經能夠看到室內的局部，地板、樓梯、半開放式的客廳和廚房……這時，她忽然感受到莫名的恐懼。

那不僅是恐懼，更是一種切實的窒息感、濃厚的憎惡感。瑟西感受到一種排斥，甚至威脅。

最可怕的是，她所感受到的威脅不是來自於室內，而是來自四面八方。讓她害怕的東西不只藏在眼前的房子裡，而是在所有可能的角落窺視著她。

在此刻之前，她曾有過幾次類似的感覺，主要集中在她報案說女兒失蹤的時候。對警方講述事情經過時，她數次陷入混亂，無法說清楚女兒到底是在什麼情況下失蹤的。在整個傾訴過程中，她曾好幾次感受到空氣中巨大的壓迫感，就好像有什麼超於常理的東西在凝視著她，隨時準備對她降下懲罰。

此時此刻，當她差點踏入卡拉澤家的時候，她感到的壓迫感比之前幾次更加強烈。瑟西無法闡明這種感受，只能表達自己不想踏入卡拉澤家。這讓列維誤解了她的意思，以為她是擔心人身安全……這樣也行，只要不用走進卡拉澤家就好。

瑟西放棄了解釋，反正她也解釋不清楚。

列維本以為萊爾德很難被叫醒，誰知道，他剛推了推萊爾德的肩膀，萊爾德就揉著眼睛坐了起來。

「我睡著了啊？」萊爾德打了個哈欠，看來是還沒睡夠，「剛才好像還做了個惡夢……幸好被你吵醒了。」

列維告訴他瑟西來了，想找他出去談事情。萊爾德點點頭，臉上帶著倦意，用手指抓了抓頭髮，拿起沙發上那支令列維非常在意的手機。

現在天色已經很暗了，路燈紛紛亮了起來。兩人走出屋子後，瑟西已經走下了小山丘，站在最近的一盞路燈下方。

人行道上，正好有一個中年男人迎面走向瑟西。那人熱情地和瑟西打招呼，瑟西只是客氣地回應了一下，她並不認識他。

列維倒是見過那個人，他是喬尼，白天的時候列維向他問過路。那時喬尼在張貼尋人啟事，要尋找的是女性友人瑪麗・奧德曼。喬尼現在也拿著厚厚一疊尋人啟事，甚至比白天還多，天知道他一共影印了多少。

他往瑟西的手裡塞了一份，說話時表情熱情而又充滿痛苦，「妳是新搬來的，可能對我沒什麼印象，不過我很關注妳。妳的女兒失蹤了，最近我也一直在憂心這件事，我能理解妳的感受……」

他說話的時候，列維和萊爾德也從石階上走了下來。列維心想，完了，一旦遇到這個人，我們起碼要耗半小時才有可能脫身。

這次列維猜錯了。喬尼並沒有像白天那樣聊個沒完。他安慰了瑟西一下，還和列維、萊爾德寒暄了幾句，就主動結束話題了。

列維注意到一件事。在與他們說話時，喬尼的眼睛總是頻頻瞟向山丘上的房子。每次他這樣做，接下來就會偶爾吃幾個螺絲，似乎是有什麼事情在分散他的注意力，甚至嚇得他無法好好說話。

喬尼又再一次這樣做的時候，列維忍不住問他：「你怎麼了？那邊有什麼東西嗎？」

喬尼愣了一下，滿面歉意，「不不，沒什麼。我只是有點……我說實話，你別生氣，其實我一直有點害怕你家那棟房子。當然啦，原因可能是我害怕那種草木茂密的環境，並不是認為你家有什麼不好。」

列維敷衍地點點頭，「沒什麼，我懂。樹木太密會顯得有些陰森。」

說話時，他在偷偷留意瑟西。瑟西露出一種複雜的神色，好像是非常認同喬尼對卡拉澤家的評價。看起來，無論是新搬來的瑟西，還是在辛朋鎮住了半輩子的喬尼，他們都有點害怕山丘上的卡拉澤家。

列維瞥了萊爾德一眼。萊爾德走進屋子時並不害怕，也沒有露出任何排斥的神色……雖然後來他在屋裡昏過去了，而且醒來後並不記得這件事。

喬尼離開之後，萊爾德揉了下眼睛，從眼神看，他終於從睏倦中徹底清醒過來了。

萊爾德搓了搓手，「原本我只約了瑟西幫忙，現在列維你也在，這就更好了。我們走吧。」

三人穿過馬路，拐進通向另一個街區的小路。列維問：「你們這是準備去哪？是在找米莎嗎？」

瑟西說：「不是，我知道這樣找不到米莎。我們是在找艾希莉。」

「艾希莉？」

「她是我的鄰居，和我同租一棟房子，偶爾我不在家的時候，她當過我女兒的臨時保母……」這樣說的時候，瑟西的語調就像在複述課文，「總之，我印象中的艾希莉是這樣。」

「她怎麼了？」列維問。他聽說過艾希莉，也知道她與瑟西認識，正因如此，他才更加疑惑——如果要找艾希莉，為什麼不能直接去敲她房間的門？

瑟西說：「我有關於艾希莉的印象……但我沒有見到她。在我近期的記憶裡，她從來都沒有出現過。我能想起她的模樣，但好像全都是很久以前的記憶，我甚至想不起來最後一次見到她是什麼時候……」

萊爾德補充說：「但是我見過艾希莉，我昨天就見過她，還和她一起到處亂逛。後來她好像有點不耐煩，就先回去了。大約是中午的時候，我看著艾希莉走進了她現在住的房子。下午的時候，我和瑟西見了面，提起這件事的時候，瑟西卻認為艾希莉白天根本沒回家。」

瑟西說：「是的。在我的印象中，艾希莉早出晚歸，我們很少能碰到。昨天白天我一直在家，而且不是在房間裡，是在能看到大門的沙發上。我根本沒看到艾希莉。」

因為及時溝通了這件事，瑟西和萊爾德都察覺到了其中的異常。於是萊爾德提了個建議，叫瑟西考慮考慮。今天正是他們要實踐這個建議的時候。

辛朋鎮不大，三人走了五分鐘多一點，先是看到了鎮上的教堂，緊靠著教堂的是一片英式排屋，排屋的其中一間，就是瑟西和艾希莉租住的房子了。

「所以，你們要幹什麼？」列維問，「去埋伏艾希莉嗎？」

萊爾德一臉自豪，「答對啦，看來你和我思路相同。瑟西說，在她的印象中艾希莉每天都很晚才回家，她能聽到開關門的聲音，和高跟鞋的腳步聲。今天我們提前做好準備，試試到底能不能看到艾希莉。」

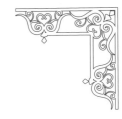

CHAPTER TWENTY EIGHT

【斷層】

現在天色已暗，但時間還早。瑟西帶著萊爾德和列維進了房子，三人查看了一圈，艾希莉還沒回家。

萊爾德很不客氣地翻列維的背包，從錢包裡找到夠硬的卡片，非常熟練地撬開了艾希莉的房門鎖。列維瞇眼看著萊爾德，萊爾德得意地撥了一下頭髮：「想誇我就誇吧，不要客氣。」

計畫是萊爾德制定的，他和列維藏在艾希莉的房間裡，瑟西留在自己的房間。三人都保持清醒，等著艾希莉在深夜回家。

瑟西的房間與艾希莉的房間斜對著，只要瑟西衝出門，兩三步就可以走到艾希莉的房門口。當瑟西聽見走廊裡有動靜的時候，她立刻開門出來，這時她應該能看到艾希莉。如果艾希莉動作迅速，已經進入房間了，那麼萊爾德和列維在房間裡等著她，瑟西則在房門口堵住她。

三人商定之後，瑟西回到自己房間去等待了。列維和萊爾德進入艾希莉的房間。

他們沒開燈，藉著窗外街燈的光亮，也足以看到小房間的全貌。房內一切正常，就是普通年輕女孩會布置的那種樣子。列維和萊爾德誰也不瞭解艾希莉，所以看不出房間裡是否有異常物品。

萊爾德先是爬到床下檢查了一番，又蹲進書桌下，最後還打開衣櫃鑽進去到處摸了摸，把櫃門關上再打開，重複了幾次。列維表情微妙地看著他。萊爾德從衣櫃裡出來，拂掉因為靜電貼在身上的紗裙，「床下沒有地窖入口，衣櫃裡也沒有別的通道。」

列維說：「你看看這棟房子的結構吧，根本沒有修地窖和暗門通道的餘地。」

「我不是說藏屍密室的那種通道，而是納尼亞的那種通道。」

萊爾德一手撐著打開的櫃門，看了看床與牆壁之間的距離，又看了看床腳，問：「你說我們藏在哪比較好？趴在床底下，還是蹲在窗戶和床之間的那條縫裡，還是躲進衣櫃？」

最後他們決定蹲在窗戶和床之間的縫隙裡。衣櫃裡或床底下都容易行動不便。

列維做出決定後，萊爾德明顯地鬆了一口氣，「很好，正好我一點也不想躲進衣櫃。」

「那你剛才還鑽進去。」列維說。

萊爾德聳聳肩，「因為有必要啊。我覺得這種衣櫃全都很可疑。」

兩人縮著腿，坐在窗戶下方。保持了不到十分鐘的安靜之後，萊爾德忽然「噗嗤」笑了一聲。

列維扭頭看他，萊爾德低聲說：「如果此時此刻的我們被治安官抓住，他就不會輕易放我出來了。他也不會放過你，你是辛朋鎮本地人也沒用。」

「當然了，這還用你說。」列維說，「我一定是瘋了才會配合你幹這種事。瑟西也是。你怎麼說服她的？」

萊爾德說：「只要對找米莎有幫助，她願意幹任何事。」

「調查艾希莉就能找到米莎？」

「艾希莉很古怪。你應該聽說過她的事了，她是新搬來的，獨自一人，和瑟西租同一棟房子……在這個鎮上，她和任何人都沒有連繫，瑟西是與她關係最近的人，可瑟西並不瞭解她，並且瑟西也是新搬來的外地人。」

列維說：「你也是外地人，你也和任何人都沒有連繫。」

「我和她們不太一樣，」萊爾德說，「瑟西有家庭，她丈夫在聖卡德市，但她說不清楚他們為什麼會分居，就像我不記得自己是怎麼到辛朋鎮來的一樣。而艾希莉，她才十幾歲，十幾歲的小孩孤身一人搬家到人口不多的偏遠小鎮，鎮上居民對此沒什麼反應，都知道有她這個人，又都對她印象不深，這本身就不正常。」

他停頓了一下，接著說：「我和她們不一樣的地方在於，我不僅在辛朋鎮是陌生人，我在任何地方都是陌生人。我的身分是連貫的，而她們的身分出現了斷層。」

萊爾德的話有道理，不過列維卻從中聽出了一些別的東西。

「在任何地方都是陌生人」，萊爾德對自身的評價真是精準到殘酷的地步。雖然這肯定不是他想表達的重點。

列維說：「你說得對。你只是忘記了一些近期經歷，但你的身分是連貫的。你自稱是靈媒，調查奇奇怪怪的事情，你為了失蹤案而來，這很合理。你認識我，我是本地人，我們雖然關係很差，但認識的時間很長，你為了找我而來，這樣想也很合理……」

萊爾德愣了一下，「我們認識的時間很長嗎？」

「挺長的吧，我們不是十幾歲的時候就認識了嗎？」

萊爾德慢慢點了點頭，「好像還真的是……剛才我都沒意識到。我總覺得是三四年前認識你的。」

列維說：「不是。我們十幾歲就認識了，在你住院的時候認識的。有很長一段時間我們沒有再見過面，三四年前……應該是四年前吧？我調查一棟鬼屋，那時意外遇到你了。」

萊爾德小聲應和著，目光有點放空，大概是在謹慎地回憶那些模模糊糊的往事。

其實列維也不是記得很清楚，剛才他先說出了話，然後才逐漸想起來一些當年的畫面。

四年前的萊爾德戴著金框眼鏡，金髮梳成整齊的油頭，掛著十字架，穿著黑色的神父長袍，該佩戴白領圈的地方換成了古典領結，從銀色手提箱裡拿出一本看上去很古老的手抄本，上面寫滿了陌生的字母，還畫著一些盜用自桌遊插圖的怪物。他一本正經地在房子裡尋找魔鬼出沒的跡象，只有列維發現他念的所謂「咒語」毫無規律，根本是隨口瞎編的造語。

再往前九到十年，十一二歲的萊爾德還不是這副樣子，那時他老實得很，大部分時間乖巧得讓人心疼……想到這裡，列維忽然回憶不起來當時自己的身分了，他顯然不是醫生，也不太可能是護理師，難道是社工或者另一個病人？

列維困惑地搖頭，捏了捏眉心，一斜眼，看到萊爾德把頭埋在膝蓋上，後背均勻地起伏著。

這人竟然睡著了？列維想起治安官說過的話：萊爾德似乎總是特別疲憊，沒事就睡覺……

列維想弄醒他，把手掌搭在他的背上。萊爾德的身體震了一下，與此同時，列維也像觸電一樣收回了手。

在碰觸萊爾德的瞬間，列維的掌心接觸到的是溼透的、黏膩的布料，那種質地混合著人類的體溫，他像是摸到了被鮮血浸透的衣物。甚至，在他將手迅速抬起來的瞬間，手還在空氣中帶起了一絲幽微的鏽腥味。

列維起初嚇了一跳，接著又意識到，難道萊爾德身上真的有什麼變故？他再把兩隻手都按在萊爾德背上，從肩膀摸索到腰部，血腥味和黏膩感不見了，他摸到的是完全乾燥正常的衣服。

萊爾德立刻醒了過來，「你在幹什麼？」

列維收斂表情，保持著波瀾不驚的語氣，「我在叫醒你。」

「你每次叫醒別人的時候，都是這樣肉麻兮兮地用摸的嗎？」

列維用「你好奇怪」的眼神看著他，「我以前會拍你的頭，你不願意，現在我換個柔和方式，你又覺得肉麻？你是怎麼想的？是誤解了什麼嗎？」

萊爾德看著他，一時無言以對，默默感慨這人顛倒黑白的時候竟如此理直氣壯。

「你應該記得，我有點恐懼肢體接觸，」萊爾德低聲嘟囔著，「如果有心理準備就還好，比如握個手、簡單地禮貌性擁抱一下什麼的，我應付得來。但是在睡得迷迷糊糊的時候，毫無準備地被人這樣接觸，就實在是……我沒有誤解什麼，是你嚇到我了。」

這倒應該是實話。列維發現，萊爾德說話時偏開目光，剛才有些緊繃的身體放鬆了下來。

列維發現了萊爾德的恐懼，但萊爾德並沒有發現他的。他鬆了一口氣，暗自平復心神。

列維看著自己的手掌，手上什麼也沒有。他靠在牆上，萊爾德在他身邊，身體向前傾，這樣列維正好盯著萊爾德的後腦勺。

列維心裡有個模模糊糊的印象，好像他曾經在某種情況下擁抱過萊爾德，萊爾德卻難得地沒有表現出排斥，甚至還越來越平靜了……那是在什麼情況下來著？

他正想著，從一樓某處傳來了很輕的「喀嚓」聲，有點像是使用鑰匙開門的聲音。萊爾德也聽見了，兩人都立刻提高了警惕，連呼吸都放輕了很多。

腳步聲從樓下傳來。走路的人穿著高跟鞋，鞋跟「噠噠噠」的聲音非常明顯。腳步聲開始上樓，木製樓梯上的每個「嘎吱」聲都比上一聲更近，在寂靜的夜晚顯得十分清晰。

來人的行走速度非常平均，就像在刻意按照固定節奏走路一樣。最終，腳步聲在這扇門前停住了。

列維和萊爾德對視一眼，做好了準備。

門鎖發出細小的摩擦聲，是有人把鑰匙插進來了。與此同時，瑟西從走廊斜對面的房間衝出來，列維和萊爾德能聽到她發出的聲音。

「砰」的一聲，房間的門打開了。列維和萊爾德立刻站起來，卻沒有看到艾希莉或其他任何人的身影。

瑟西在走廊裡，從列維與萊爾德所在的角度能看見她，但她所處的位置無法用手碰到艾希莉的房門。這扇門不是被她推開的。

三個人都站在原處，面面相覷。

「我看到她了！」瑟西愣了好久，才稍稍挪了幾步，靠在牆上大叫起來，「我出來的時候隱約看到了人影！她有大半個身體已經進門去了，我剛想叫她，她就不見了……」

她靠近了幾步，看了看艾希莉房門敞開的房間，「她上哪去了？」

房間很小，門口沒有能藏人的地方，窗戶邊又有列維和萊爾德守著，艾希莉不可能先鑽進來再瞬間躲藏，更不可能跳窗逃走。列維和萊爾德都只看到了房門被推開，依稀是有人要進來，但誰也沒看到來者的確切模樣。

進入房門的瞬間，腳步聲的主人便原地消失了。

瑟西剛向前邁了一步，萊爾德忽然有種異樣的感覺。

「等等，」他阻止道，「妳先別過來，我總覺得……」

但他的話說得有些晚了。瑟西被眼前的情況震撼，根本沒有仔細聽他在說什麼，萊爾德說「別過來」的時候，她已經走到了門邊。萊爾德還沒來得及說完整句話，瑟西左手扶在門框上，一隻腳踏進了房間內……

然後她消失了。

萊爾德和列維眼睜睜地看著，瑟西憑空消失了。列維罵了句髒話，慢慢靠近房門。看到瑟西身上發生的事，他不敢跨出去，在門邊喊了瑟西幾句，當然是無人應答。

「剛才你想對她說什麼？」列維問萊爾德。

萊爾德說：「我想叫她先別進來。」

「為什麼？你是知道些什麼嗎？」

萊爾德嘆氣，「我不知道……我只是忽然有種感覺，覺得如果她靠近，也許會有什麼意外發生……我說不出個所以然來。」

列維說：「那現在你有什麼感覺？如果我們走出去會如何？」

艾希莉的房間和走廊之間有一條地板縫。萊爾德有些畏懼地看著這條縫隙，說：「我又不是通靈者，我怎麼會知道？你試試看吧。」

「你不是自稱靈媒嗎？」

「你不是知道我是假的靈媒嗎？」

列維一手扶額，不想再糾結這些無意義的廢話。他拉了萊爾德一把，把萊爾德推了出去。

萊爾德踉蹌了兩下，一邊咒罵一邊回過頭來。

他們仍然保持著視線接觸，誰都沒消失。

「你再進來。」列維對他勾勾手。

萊爾德深呼吸了兩下：「好，但是你做好準備，我可能在進門的瞬間就消失了。」

事實是，萊爾德一邁步就走進來了，他沒有消失。列維也重複了一遍這個過程，出門，再回來，依然沒事。然後他們又試了別的方式，比如先進入瑟西的房間，再走出來，接著走進艾希莉的房間……也依然什麼都沒發生。

兩人試驗了各種能想到的方式，全都毫無效果。不只沒找到米莎，現在連米莎的媽媽也失蹤了。

列維懊惱地躺在艾希莉的床上，一手捏著眉頭。萊爾德站在窗邊，沉默不語。過了片刻，列維看到萊爾德掏出了手機，打開圖片，似乎在比對窗外的景物。列維本來就對這支手機很好奇，於是立刻湊了過去。

「你在看什麼？」列維問。

萊爾德說：「昨天我在辛朋鎮上逛了很久，一路都對照著這個，安琪拉畫的地圖。」

「嗯，我知道地圖的事。現在你在找什麼？」

萊爾德沒有直接回答他的問題，而是問：「昨天治安官把我帶走了，你知道是因為什麼嗎？」

列維還真的知道，「有人報警了，說你大半夜的在教堂和墓地裡亂晃。」

「我昨天確實去教堂了，教堂的位置和這裡一致。」萊爾德展示手機螢幕上的圖，圖上是畫得很簡易的幾個方塊，靠在一起拼成T字形，其中一塊上還畫了十字架。

萊爾德說：「昨天我來過這邊，你看，這是教堂附近的道路，還有這片排屋的位置，與安琪拉畫的地圖一模一樣。」

說完，他指向窗外。從艾希莉房間的窗戶望出去，正好能看到教堂後面的部分，其中一塊是被植物擋住的其他建築物，還有一片是面積不大的墓園。

在安琪拉的簡易地圖上，也有一片與此相對的區域。代表教堂的方塊後面有一團小分隔號，線短而密集，乍看之下讓人無法明白畫的是什麼東西。現在對比起來，它們應該是代表墓園裡的墓碑。

「這就是神奇的地方了，」萊爾德說，「昨天，我根本就沒有看到墓地。」

「什麼？」列維貼近窗戶。藉著月色與附近的燈光，現在他能確認那片區域就是墓地。

「昨天我在教堂附近徘徊，是因為我正在找這片區域，」萊爾德用手點了點安琪拉所畫的小分隔號們，「我沒看懂這圖案是什麼意思，於是就在附近亂晃，想看看有什麼東西長得像它。但是沒有，什麼都沒有。昨天的教堂後面是一些沒開燈的建築，像是教堂不開放的其他區域，從外面繞不進去，看起來是閉門謝客的樣子。我根本沒有看到墓地。當時我還想呢，教堂後面確實不一定有墓地……」

當警車開過來，萊爾德被帶到警局之後，他得知是自己的行為驚擾了居民，因為他「夜晚在墓地裡不停徘徊」。

這個說法讓他很不解。他還特意問了治安官「墓地」的事，但他們溝通得不怎麼順暢，最後他也沒得到答案。

萊爾德只好根據已知的情況來猜測，當時他猜的是：教堂後面可能確實曾有老墓園，老墓園很早就不存在了，土地翻修，上面蓋了別的東西，現在小鎮的墓園肯定在別的地方，只是鎮民仍然把這個區域叫做「墓地」……

直到此刻。他在無意中望向窗外，看到了教堂的尖頂，也看到了夜色下的一排排墓碑。

幾分鐘後，列維與萊爾德已經站在了墓園入口處。相對於辛朋鎮的總體大小來說，這座墓園的面積還算挺大，墳墓與墓碑的形態大小不一，造型各不相同，有些還能看出十九世紀以前的風格。

走過來的路上，兩人討論了一下「為什麼昨天看不見墓園，今天卻看見了」這個問題。討論的結果是，昨天的萊爾德也好，列維也好，他們「看不見」的可不只是墓園，還有很多很多東西。他們對辛朋鎮的模糊概念，對自身經歷的飄忽記憶，還有對艾希莉、瑟西、米莎的認知……這些都是他們看不清楚的東西。

於是他們對很多事物、很多細節產生了懷疑，一九八五年的日曆，不存在的艾希莉，突然消失的瑟西……對他們來說，這些事物和墓園的性質一樣，都是原本不存在，現在又突然被注意到的東西。

他們分頭四處走走，找到了幾座年代相對較近的墳墓。距現在最近的死者葬於一九八四年十一月，是個只有十三歲的女孩。除了她以外，一九八四年內還有兩位死者，均為七十歲以上的老人。

萊爾德在十三歲女孩的墓碑前蹲下來。

「我有點明白了……」他自言自語般嘟囔著。

列維站在他身後，「你明白什麼了？」

萊爾德說：「列維，這一切真的很不對勁……」

「還用你說，我現在每分每秒都這樣想。」列維說。

萊爾德觸摸了一下墓碑。墓碑上鑲嵌著小小的照片，照片上覆蓋了一層透明的薄膜，可能是塑膠或者軟膠之類的材質。照片的顏色仍然鮮亮，能夠看清女孩生前的模樣。

「我是一九九〇年出生的，」萊爾德說，「雖然我不過生日，但年份還是能記住的。之前你給我看那些一九八五年的日曆，我還覺得是你母親有收集舊物的愛好，但是你看……這個女孩在一九八四年十一月去世，她的墓碑還非常新，照片絲毫沒有褪色。這裡再也沒有比她更晚去世的死者了。」

列維說：「這地方似乎停滯在一九八五年，對吧？」

萊爾德搖搖頭：「年代不是重點……重點是，我們曾經順利地接受這些現象了。這才是最不合理的。正常情況下，人應該會首先注意到奇怪之處，然後慢慢接受，而不是毫無障礙地接受了一切，然後才慢慢開始覺得不對勁。」

列維也對此心知肚明。他回憶起進入小鎮的時候，雜貨店的梅麗說治安官要找他，當時他下意識地產生了一個疑問：治安官怎麼不打我的手機？但他沒有問出這句話，把它悶在了心裡。

沒人阻止他開口，也沒有什麼危機情況強迫他保持沉默，他完全是自願地吞下了這個很正常的疑問，並且在接下來的一段時間內不再考慮它，讓它沉澱下去。

現在想起來，當然是這些人根本沒有手機，甚至不知道手機是什麼。比起關於年代的疑惑，更加令列維在意的是，是什麼讓他直接忽略了這個問題，讓它變得非常不重要，讓它像微風中的細小灰塵一樣被人無視。

萊爾德說：「剛才我說的不對勁，指的不是時間和年代。而是……我覺得這裡有某種東西存在著，它在故意干涉我們，模糊我們的視野，誤導我們的認知。不是我們自己看錯了或者記錯了什麼，是有什麼東西故意要這樣的……」

他站起來，一手仍然撫在墓碑上，「所以我們才看不見墓園。或者，是那種東西不想讓我們看見。我可以對鐘錶毫不留意，可以認為日曆只是擺設，但是墓園……也許死亡是最重要的尺規。任何人看到墓碑的時候，都會不由自主地注意死者的生卒年月，並且下意識地和自己所在的年代對照。這些數字，就是最無法忽視的尺規。無論你身在何時何地，它都會把你帶回你真正屬於的年代。」

列維點點頭，「是的。它們就像鏡子一樣，會讓人情不自禁地對照自己……」

他停頓了一下，接著說：「二〇一五年……萊爾德，我們應該在二〇一五年。」

「二〇一五年五月份。」萊爾德說。

「松鼠鎮。紅櫟療養院。聖卡德市。」列維說。

說完之後，有那麼一秒鐘，他不太理解這三個詞的意思，他只是自然而然地說了出口。

接著，思緒像電光一樣飛速遊走，在腦海中炸開一個又一個亮光。

列維繼續回憶著，「二〇一五年，五月二十三日，週六。我去調查未成年人失蹤事件……松鼠鎮。紅櫟療養院。」

萊爾德跟著說：「五月二十四日，女孩過生日……是米莎，米莎過生日。我們調查過米莎的事情。但當時她沒有失蹤。聖卡德市。」

「五月二十五日，週一，松鼠鎮，凱茨家，浴室……」說到這，列維腦海中的電光忽然熄滅了。

他停下來，暗示自己冷靜，在記憶中仔細地搜索著。

二十五日之後的事情非常難以回憶，他眼前似乎有一扇濃霧形成的巨牆，與天空同高，寬不見邊際，即使他直接走入霧中，也怎麼都走不到盡頭。

這時，萊爾德拉了拉列維的手臂，列維回過神，問他怎麼了。

萊爾德面朝墓園入口，「你看。」

墓園入口是一扇雙開的鏤空雕花鐵門，兩側門柱上是樣式古典的街燈，此時燈泡一亮一滅。在蒼白色的燈光映照下，滅燈的一側有個影子從門柱後探出來，又飛快地縮了回去。

列維朝那邊走了幾步。墓園外的灌木叢沙沙作響，顯然有人藏在那，並且知道他正在靠近。他繼續大步走過去的同時，那人也再次探出了頭。

列維認出了那張面孔。他想問萊爾德是否也認出了那個人。當他轉回身，看到萊爾德時，他卻愣住了。

列維深呼吸了幾下，對萊爾德喊：「你……過來一下。」

墓園內燈光不足，差不多能看清道路，但萊爾德看不見列維的表情。萊爾德本來也打算跟過去，他向前剛走兩步，就聽到列維非常明顯倒吸冷氣的聲音。

這讓他本能地停住了，列維催促道：「你退一步……不，一步就夠了，別往後退了，好了……往我這邊走過來，快點，過來。」

萊爾德都照做了，但感到莫名其妙。更走近一些之後，他很確定，列維雖然看著他，目光卻沒有落在他身上。

他下意識地想左右看看，臉剛輕轉了一點點，列維突然對他吼：「不要回頭！」

萊爾德嚇得渾身一震。別人看著你，露出緊張的表情，還叫你別回頭……這比自己親眼看到什麼東西還可怕。

「你看到什麼了？」萊爾德確實不敢回頭，「你描述一下給我聽……」

列維當然沒有描述，而是一邊催促他一邊伸出手，「你過來，走過來就行。我們先離開這。別回頭。」

萊爾德聽話地往前走，邊走邊說：「其實我見過很多奇奇怪怪的東西，一般的恐怖畫面嚇不到我……你到底看到什麼了？為什麼不能回頭？你簡單說一下行不行？我相信你，我不回頭，但是你完全可以告訴我這是什麼情況啊……到底是什麼？墳墓裡爬出屍體了？還是那些嘩啦啦亂響的樹葉在我後面做什麼？」

憑著對萊爾德的瞭解，列維默默判斷，語速加快，話還特別多，這代表他非常恐懼……但列維不想向他描述他身後的情形。

萊爾德走近之後，列維一把拉住他，將他扯到身邊，用手壓在他的後頸上。列維沒有轉身，而是面對著萊爾德，慢慢後退著行走，同時，他一手扣著萊爾德的脖子，防止他突然回頭，一手抓著萊爾德的肩膀，讓他跟緊自己。

「至於這樣嗎？」萊爾德一向害怕肢體接觸，這樣的距離讓他有些抗拒，但列維刻意保持了分寸，所以他還可以接受。

列維沒有回答，只是慢慢向墓園外面退，並且目不轉睛地注視著萊爾德身後的事物。

萊爾德的視線越過列維的肩膀，也正好看著列維背後。剛才墓園外面有個鬼鬼祟祟的人影，現在那人不再躲藏，直接從灌木叢後走出來，站在了燈光下。是艾希莉。現在的她維持著人類的模樣。

「你看……」萊爾德掙扎了一下，但列維的力氣很大，根本不讓他動，「艾希莉，是艾希莉！」

列維說：「嗯，剛才我看出是她了。」

「她在對我們招手！」萊爾德盯著墓園外。

「好的，那我們就過去吧。」

「我都告訴你你身後的情形了，你就不能告訴我我身後有什麼？」

列維斜眼看了他一下，目光相接，又迅速移開。「不能。」

兩人都離開墓園大門之後，列維轉了個身，走到了萊爾德身邊。他不再盯著萊爾德身後，但仍然一手抓著萊爾德的後頸，一手抓著他的手臂。

這姿勢就像在押送犯人一樣，萊爾德繼續抗議了幾句。他越是抗議，列維反而抓得更用力，於是萊爾德不停承諾自己絕不回頭，但他再怎麼承諾，列維也不肯放開手。

其實萊爾德也不太敢回頭。但如果列維真的鬆開手，他確實不能保證自己的好奇心會不會戰勝恐懼感。

他們跟著艾希莉，漸漸遠離了墓園，一路走到了辛朋鎮平時最繁華的街區。小鎮的夜晚比較安靜，街上幾乎沒有行人，只有一些店鋪的霓虹招牌徹夜點亮著。

列維回頭看了一眼，長出一口氣，終於放開了萊爾德。

「現在我能回頭了嗎？」萊爾德摸了摸脖子。剛才的一路上，列維的手越來越冰涼，力氣也時大時小。

「可以了。」列維說。

在萊爾德回頭去看的時候，列維盯著他的後頸。萊爾德的脖子上留下了五個泛白的清晰指印。列維看了看自己的手，又抬頭盯著萊爾德的脖子，抬起手比劃了一下，對比著指印和自己的手指。萊爾德並沒有發現他這個小動作。

萊爾德又問：「剛才我後面到底有什麼？現在你能告訴我了嗎？」

列維放下手，看了看萊爾德，說：「不能。」

萊爾德一手扶額，「你何必這麼神神祕祕的？有什麼好處？」

「我不是故意要隱瞞，」列維說，「我說『不能』的意思是，我不能，我無法……我沒有辦法形容那是什麼。」

萊爾德疑惑地看著他，列維搖搖頭，沒再說話。

他輕輕推了萊爾德一把，叫他不要停下，繼續跟著不遠處的艾希莉。兩人向前走的時候，艾希莉的身影也隨之繼續移動。她一直遠遠走著，不時比劃手勢，讓他們繼續跟上，但自身又絕不離他們太近。

對列維來說，眼前的情勢有些眼熟。

似乎就在不久前，他也曾經這樣慢慢地跟著艾希莉，讓她指引自己走入某個區域。那時艾希莉好像還說了什麼話……不，好像並不是艾希莉說的。艾希莉看上去根本不像人，甚至不像怪物，她靜默且僵硬，更像是一具被人操控的皮囊……

「妳不是艾希莉。」列維大聲說。

艾希莉停下來，做了個「噓」的手勢。

看到她的動作，列維更加覺得她是個人偶之類的東西，因為她先抬高手臂，再縮到胸前，把手掌擺在下巴處，然後再一根根移動手指，最終擺出一指豎在嘴巴前的姿勢。正常人做這個動作時不是這樣的，百歲老人的動作都比這流暢。

她繼續帶著他們向前走，街道不斷延伸，道路越走越狹窄。萊爾德突然揪住列維，「這路不對！」

「怎麼不對？」列維並沒有停下腳步。

萊爾德把手機螢幕遞到列維面前，指著上面標了字母的簡陋線條，「你看，這是教堂後面的路，這是那條窄巷，這是商店街，有一個招牌最高的建築，剛才我們經過它了，再接著是轉角處的餐館……你看！」

他用力點點螢幕，又朝周圍比劃著，「到那裡為止，我們就應該轉彎離開商店街了，那是一條T字路口，道路面對一家大型超市。現在我們卻一直一直在往前，根本沒看見T字路口！我們在哪？這地方和地圖的結構不一樣了！」

列維看了看周圍，兩邊都是排屋，看上去是毫無特色的小鎮住宅區，房子內部全都沒開燈，但門廊下的燈又全都亮著。往遠處看去，街道似乎升起了夜霧，單調的街景延伸入霧中，看不到盡頭。

「你確定這圖畫得對嗎？」列維問。

萊爾德還未回答，兩人聽到了另一個聲音。一個有點疲憊的男聲。

「和地圖無關。」

兩人一齊望向聲音來源。

艾希莉站在原處，嘴巴張開到極限，形成一個黑洞洞的圓形。聲音就是從這裡傳出來的。

與此同時，夜霧從她身後漸漸蔓延過來，道路、樹木和草地都被白霧吞沒，周圍能看清的建築物越來越少。當房子被遮蔽於霧中之後，門廊前的燈卻保持著亮度，乳白色的無盡長路上，亮著一盞盞橘色的燈光。

男子的聲音又出現了，「他說得對，這不是辛朋鎮該有的樣子。這是一條很小的縫隙，是我好不容易才監測到的縫隙。」

聲音很清晰，說話很順暢，和艾希莉僵硬的動作並不匹配。這是一個陌生的聲線，不是肖恩，不是傑瑞，也不是雷諾茲。等等，他們又是誰？列維的腦海中浮現出三個名字，接著他卻陷入了困惑。

「你是誰？」列維問。

男子沒有回答列維，只是自顧自地說著：「我知道你們不屬於這裡，也知道你們在找什麼——那個小女孩，米莎，我可以幫你們找到她。」

萊爾德遲疑地說：「呃，但現在連她媽媽也不見了……」

「你先閉嘴！」聲音粗暴地打斷他，「我沒有太多時間，你們好好聽著！」

聽起來，他喘了口氣，艾希莉的身體並沒有做出相應的動作。

他繼續說道：「你們找不到小孩的母親了，我知道。她掉進裂縫裡了，你們看不見她。小女孩也一樣，她也被藏在很深的地方。如果你們要找她們，我可以教你們怎麼做，首先，你們要先找到我……不是現在這個傳話用的人偶，而是去找到真正的我。」

「人偶？」萊爾德打量著艾希莉。

對方再次叫他閉嘴，語氣比剛才還不耐煩，其中還隱含著一絲責怪……也許是因為萊爾德只追問「人偶」這個詞，卻不追問對方所說的「找到我」是怎麼回事。

艾希莉維持著張開嘴的樣子，抬起一隻手，指著列維和萊爾德背後，他們走過來的方向。

「現在我教你們如何找我。首先，你們不要離開這個裂縫，這樣可以避免被看見。你們往回走，以燈光指路，你們只能走有霧的地方，一直走回卡拉澤家。只要你們在霧中走回去，卡拉澤家就也會被霧氣環繞，那個地方與別處不同，你們不僅僅能看到門廊前的燈，還能看到整座小山丘，以及山丘上的房子。然後你們進屋裡去，去那個……去你們之前誰都沒去過的地方，你們肯定會找到我的。」

「沒去過的地方？」列維問，「你是說家裡，還是那座小山丘上？」

「家裡。」男子回答。

列維提問時，這男子並沒有吼著讓列維閉嘴，回答的語氣也不急躁。不知道是因為列維的疑問比較重要，還是因為他莫名地更尊重列維。

「家裡，你們沒去過的地方，記住。」男子把語速放慢了一些，「我無法直白地說出我的確切位置。雖然她沒有禁止我說，但一旦我說了，就有可能引起她的注意……我們要瞞著她進行這一切……」

「你說的『她』是誰？」列維又問。

這時，遠處的霧氣變淡了，似乎有風在均勻地推動它。霧是從艾希莉背後的方向蔓延過來的，現在它從同樣的方向開始消退。

男子的呼吸聲急促起來，聲音也變得更緊張，「記住！你們往回走，走印象中辛朋鎮裡正常的道路，你們好像有地圖，那就照著地圖走，對照著燈光走。一定要在霧中回去，在霧中找到我說的地方！不能離開霧氣，如果你們離開，我們就前功盡棄了！如果要再找機會，就不知道多久之後才能找到了……因為小孩的母親跌進別的裂縫，驚擾了她，她被分散了注意力，我這才有機會傳話給你們……」

萊爾德和列維看了一眼背後的路。在霧中根本看不見道路，但確實能看到燈光。

當他們再看向艾希莉時，她的嘴巴猛地閉上，身體平移著退向濃霧盡頭，融入了霧和夜色的邊緣。

SEEK NO EVIL

CHAPTER TWENTY NINE

【一九八五】

列維和萊爾德沒有商量太久。他們決定聽信那個男子的聲音，原路向後，返回他們更熟悉的「辛朋鎮」裡。

走了一段時間，白霧中的燈開始分布得不太規律，顏色也不再統一。他們看到了擺在地上的酒吧燈箱，還有少數幾個夜間也不熄滅的霓虹招牌。

萊爾德又在看著手機螢幕，並發出了一聲低低的驚嘆聲。列維湊過去，萊爾德說：「我之前還疑惑這畫的是什麼呢……這是燈！」

說著，萊爾德用手指把圖片放大。列維感覺到一種不協調，隨即他想到，這支手機的外觀是純粹的按鍵機，竟然也能滑動螢幕來操作……萊爾德帶的電子設備都是什麼怪東西？

比起現在的情況，對手機的好奇可以先放一邊。所以列維沒有多問，而是看著萊爾德所指的圖片局部。

安琪拉的簡易地圖上有方塊、圓圈、小分隔號等等，還經常在方塊或三角所代表的「房屋」上打個勾。並不是每個「房子」都有打勾，有的地方沒有打勾，而是畫了兩排折線，看上去像是畫技拙劣的裝飾紋樣，現在看起來，它們應該是一個個勾連在了一起。勾代表的是燈。單個勾是門廊燈，那種畫得很重很用力的大勾應該是商業招牌燈，還有連在一起的折線，那是整條馬路上徹夜不熄的街燈。但它們只是房子外面的燈，並不包括其內部照明。如果一棟房子沒有門廊燈，近處也沒有路燈，它所代表的小方塊旁邊就不會打勾。

「安琪拉也見過這個……」萊爾德感嘆道，「她也進入過這種霧，看過現在我們看到的東西……我們看不見室內照明，只能看清外面的燈。」

列維記得安琪拉，但對與此人相關的事件印象又有些混亂。他心中有個模糊的概念，似乎安琪拉是進入了某處，又脫離了它，最後成功回到了家中……但她到底脫離了什麼呢？

列維邊想著邊說：「如果你覺得地圖可信，我們就按照這個走吧。反正我們也根本看不見路。」

萊爾德說：「是啊。我們已經決定要相信那個奇怪的聲音了，對吧？聽他的話，避免走出白霧，回到你家去找沒去過的地方……說實話，這讓人發毛，但也讓人很好奇。」

說完「好奇」這個詞，萊爾德看了列維一眼。正巧，列維也正斜眼看他。

「不能。」列維說。

萊爾德氣餒地垮了下肩膀，「我什麼都還沒問呢……」

列維說：「我知道你想問什麼。當時你背後確實有某種東西，你也確實不應該回頭看。事實證明我是對的，我們安全離開了那個區域。我不能告訴你那究竟是什麼，因為我無法描述它。」

「但你看見了，」萊爾德說，「你不僅看見了，還能保持冷靜，甚至能做出判斷，讓我不要回頭，不要看……這表示你也沒有被嚇得很嚴重啊！你認為我不應該看，可你卻一直看著它呢。到底是什麼東西這麼微妙？你可以看，我卻不能，你面對它時可以保持冷靜，卻沒辦法形容它的樣子？」

列維有點不耐煩，不由得加快了腳步，「我說了，我沒辦法形容它！你是無法理解這個表達嗎？」

其實他說了一半謊話。

他無法理解的東西只有一半。

在墓園裡，當他回過頭，他首先看到的是一塊巨大的墓碑。

當時，萊爾德說死者的生卒年月是生者的對照物，列維也因此而想起了今年的年份。他們還想起了松鼠鎮，聖卡德市……然後，就在列維回頭時，他看到一塊大得不合常理的墓碑。

它憑空出現在萊爾德身後，融於墓園內形態各異的墓碑之中。當時列維對它的第一印象是「墓碑」，但現在回憶起來，其實那並不是墓碑，它不是已知的任何東西。列維可以形容出它的一些特徵：巨大、平滑、可以反光、深色、顏色不定、形狀不定、邊緣角度不定。他只能總結一些零碎的特徵，卻無法概括出這到底是一個什麼東西。他沒辦法把這些特徵匯總起來。

甚至，與其說那是某種「物體」，不如說它更像是一個視覺現象。列維認為，自己看到的並不是一個實體物品，而是一種「對照」……就像每個人經歷的年份，與墓碑上靜止的數字；就像掃墓者立足的地面，與棺槨旁壓緊的土壤；就像沉睡著被分解的骨肉，與直立著俯視它的活物。

在那個令人想起墓碑的巨大「對照物」的表面，列維看到了一種真正令他無法形容、無法概括的東西。它比「對照物」本身更詭異，列維連它的基本特徵都說不出來。

不是因為太過恐懼而說不出口，而是找不到已知的、符合它的詞彙。

當時，萊爾德在注意墓園門口的情況，他面對著列維，背對著「對照物」。萊爾德沒有看到它。它就像空間的一部分，既不是機械也不是生物，它不會發出聲音，也不會帶起氣流。

而列維看到了兩個萊爾德。一個面對著他，另一個在「對照物」上面，與正面的萊爾德背對背。當萊爾德向前走的時候，「對照物」上面的背影也向反向移動。萊爾德的肩膀或腳步有任何細小動作，背影都會做出同步動作。

就像是鏡子。當然了，「對照物」當然是某種意義上的鏡子。當萊爾德走向列維的時候，他的背影——或者說鏡中投影，正在走向那個不明實體……那個列維無法描述出的東西。

現在列維回憶著它，只能想起三個能夠描述出來的地方：第一，它有眼睛，第二，它有手，第三，它是活物。

除此之外，列維搜刮腦海中所有詞彙，也找不到可以進一步形容它的方法。它不與任何已知事物相似。而人無法形容徹底超出想像力的東西。

在剛看到它的時候，列維並沒有立刻產生恐懼感。按照常理，人面對未知的東西都會害怕，但他沒有。他一時琢磨不透原因，只能認為也許人的心理很複雜，不能一概而論。

接著，列維發現了真正令他恐懼的東西——

萊爾德走向列維。萊爾德的投影走向那個不明實體。當列維朝著萊爾德迎上去一點的時候，不明實體與他們的距離也縮短了一些。

列維一邊催促萊爾德，一邊向他伸出手，對他說：「你過來，走過來就行。我們先離開這。別回頭。」

不明實體的嘴巴們翕動著，用那些手接觸著萊爾德的鏡中投影。

它有嘴，它有手。它是活物。

列維非常堅決地要求萊爾德不能回頭，甚至在萊爾德走過來之後，還一路上從後面捏著他的脖子，防止他突然回頭看。

列維自己也沒有頻繁回頭看。他把目光從墓碑群上移開，拋開那些生卒年月，拋開對死者所在年代的想像，他拚命拋棄「對照」這個概念，儘量把注意力集中在追蹤艾希莉上面。

艾希莉又出現了，瑟西去哪了，如何找到米莎，艾希莉要去哪，我們要去哪，接下來應該怎麼做……

列維拚命向前方看。

終於，當他再回頭的時候，「對照物」不見了。

那也許並不是某件物品的消失，而是某種視覺現象的終止。列維搞不明白，也暫時不敢繼續想。

回憶著這些，列維鐵青著臉，越走越快。萊爾德跟在後面，但其實負責對照地圖引路的是萊爾德。這附近有個岔路，列維差點走錯路，萊爾德追上去，及時拉住他。

萊爾德嘆著氣，「我真的無法理解，什麼樣的東西會讓你沒辦法形容它？哪怕說個大概的長寬高什麼的……這總可以吧？」

列維不吭聲。萊爾德說：「好好好，不說就不說吧，我也沒別的辦法。你這樣太嚇人了，我根本無法放心好好走路。」

「你本來也不應該放心，」列維說，「想想艾希莉，想想那個奇怪的聲音，看看這霧……我們誰都不應該放心。你就繼續保持著害怕的狀態吧，恐懼是人的自保手段，沒有壞處。」

「那你就告訴我墓園裡有什麼，讓我更恐懼一點。」

「你還有完沒完了？」

列維差一點就要大吼起來了。萊爾德沒再接話，而是仔細琢磨了一下這個語氣。

他從中聽出了焦慮，但這焦慮不是針對他的。人們為別人而惱怒的時候，和因為自己搞不明白一些事而急躁的時候，表現出的神態語氣多少有些差別。人們經常可以在小孩子身上見到這類焦躁——當小孩子急於說明自己的感受，又表達不清意思的時候。

也就是說，列維大概是真的不知道怎麼說明。一個成年人，無法說出自己看到的東西。這比刻意的隱瞞更叫人擔憂。

「我們應該快到了，」於是萊爾德暫時換了個話題，「你想好接下來該怎麼辦了嗎？」

列維說：「那人要我找他，我就試試看吧。他說他在家裡，我們沒去過的地方。」

「你家還有你沒去過的地方嗎？」

這個問題讓列維腦袋當機。如果有人突然這樣問他，他的第一個反應肯定是「沒有」。絕大多數人的家都只是一棟房子或一間公寓，而不是莊園和古堡，既然是從小生活到大的家，怎麼可能還有沒去過的地方？

但列維不是很確定……就在不久前，他連回家的路都忘掉了。奇怪的是，他忘記了小鎮裡的路，卻竟然可以從別的城市開車找到辛朋鎮。

開的車子很陌生，回家的路很陌生，鎮上居民也很陌生。儘管如此，他心裡卻深深根植著一個基本概念：這是我的家。顯然，這個基本概念是完全錯誤的。

列維把垂在眼睛旁邊的捲髮向後攏了攏——現在，是時候拔掉這個不該存在的概念了。

「在調查那棟房子的時候，」列維再開口時，他對房子的稱呼自然而然地發生了變化，「我們確實還有一個地方沒有搜索過。」

萊爾德問：「有嗎？我記得大致都看過了，那座房子占據的綠地多，但房屋內的面積並不大。」

「儲藏室。」列維說。

萊爾德對儲藏室有印象。儲藏室在木頭樓梯下面，看起來空間並不大，牆體也只是很薄的板材，要在這藏住甚至囚禁一個人，總覺得不太可能。

借助燈光的指引，卡拉澤家所在的那座小山丘已經出現在街道盡頭了。濃霧和雜亂的植物隱去了房子的痕跡，從遠處只能看到小山丘的影子，此時它就像一頭安靜俯臥的巨獸，正在借助霧氣隱去身形，時刻準備伏擊那些毫無準備的獵物。

「霧變淡了，」萊爾德說，「在剛才那種濃度的霧裡面，我們在這個距離應該連山都看不見。」

列維看了看周圍，比較近的房子確實已經有了影影綽綽的輪廓。他又回頭看了一眼，這一眼讓他渾身一震。

「快走！」他拉著萊爾德，拔腿朝著卡拉澤家所在的小山丘跑去。

萊爾德一邊跟著跑一邊回過頭，只看了一眼，他就明白為什麼列維會做此反應了。他們身後的霧氣越來越淡薄，街道的模樣越來越清晰。與此同時，街道遠處的燈光開始熄滅，由遠及近，一盞一盞地逐個熄滅。

列維和萊爾德飛奔撲向那座小山丘，已經踏上了通向房子的臺階。

旁邊斜出的植物沙沙作響，他們每踏出一步，都能看見霧氣沿著腳踝在向後流逝。濃霧盡頭傳來了沉重的氣流聲，像是風，又似乎不是。剛才一路上的霧氣都是凝滯的，空氣中連一絲微風都沒有；現在這個霧氣褪去的速度，就像是有什麼東西終於察覺到了不妥，於是開始驅散濃霧，一寸寸檢查被霧覆蓋的區域。

列維直接撞進了房門，幸好它依然沒有上鎖。室內果然也有霧氣，而且霧氣也在慢慢淡去。

列維沒有多想，直接走向儲藏室。萊爾德四下環顧著，出於謹慎問道：「你確定是這裡嗎？霧快散開了，那個人說必須在霧中找到他說的地方。」

列維拉住儲藏室的門把，萊爾德聽到清脆的「喀嚓」聲。

「如果找錯了，我們就沒機會了。」雖然這麼說，萊爾德還是跟了上去。他發現一枚小金屬鎖頭掉在了列維腳下

白天的時候，萊爾德看見這枚鎖了，只是沒有多加留意。鎖頭上直接插著鑰匙，這表示儲藏室也沒什麼要緊的東西。看著掉在地板上的鎖，萊爾德震驚地發現，它並不是被鑰匙打開的。鑰匙的角度沒有變化，是金屬鎖扣整個扭曲掉了，它從側面斷開，斷口變得很薄，原本應該很堅固的金屬就像麵團一樣被捏開。

萊爾德還沒來得及思考這是怎麼回事，列維已經拉開了門。窗外「呼呼」的氣流聲非常近，從大門上方的玻璃窗望出去，漆黑的夜空已經再次出現了。

幸好，房子內的霧還未完全散去，但已經薄得像浴室殘留的水氣。

列維回身抓住萊爾德的衣領，兩人一起鑽進儲藏室，從內關上了門。

兩人都以為自己會瞬間踏入另一個空間，但是並沒有。萊爾德的頭碰到一根垂下來的繩子，他輕輕一拉，「喀噠」一聲，頭頂上的燈泡亮了。

儲藏室內也飄著薄霧，關上門之後，這裡算是屋中霧比較濃重的角落了。周圍東西不算多，架子上有幾個紙箱，一側牆壁上掛著些園藝工具，列維和萊爾德原地轉來

轉去，眼看著霧氣慢慢從門縫溜走。

突然，萊爾德踏到了什麼東西，為了確認，他又原地踏了幾下。列維也聽出了端倪。在萊爾德踩踏的地方，地板之下是空的。

兩人蹲下來。地面整體貼著一層塑膠地板，這東西比壁紙結實多了，並不容易揭開。萊爾德望向掛著園藝工具的牆壁，想找個東西用用。

這時，他身後傳來幾聲脆響，再回過頭，塑膠地板已經被撕裂成好幾片，列維正在把它撥到一邊去。塑膠地板下面露出了真正的地面，果不其然，地上有一扇嵌入式的地板門。

門板是包著鐵皮的木頭，與地板齊平，上面沒有任何鎖具，四邊直接被嵌入水泥之中。看來當初留下它的人根本不想再打開。

現在想打開它倒不難。因為剛才碎掉的不只是塑膠地板，連這扇門也被破開了。薄鐵皮捲起了邊，下面的木頭碎得更厲害，已經有幾塊掉進了深處。

列維看了一眼門縫，確定霧氣還未完全消失。他隨手從牆上取了個東西，把鐵皮撬開更多。

看著這一幕，萊爾德想起剛才的那枚金屬鎖頭。它們……到底是怎麼被破壞的？

列維一臉認真專注，沒有絲毫驚訝。彷彿鎖扣被捏爛只是正常現象，塑膠地板瞬間被撕裂也十分常見，厚木門和鐵皮都自己碎掉，也是順理成章的事情。

鐵皮翻開足夠讓人通過的縫隙後，列維用一隻腳踩踏殘留的木塊，把它們全都踢了下去。地板門完全暴露了出來，下面有一條通向更深處的木頭樓梯。列維毫不猶豫地走了進去，示意萊爾德跟上。

萊爾德迅速掃視了一下儲物架，抓起一支大號手電筒，謝天謝地它真的能亮。

木樓梯很陡，也很窄，兩人無法並行，只能一前一後。列維走在前面，萊爾德在他身後打開手電筒，列維回過頭，近距離的光亮讓他下意識閉上眼，用手擋了一下。

萊爾德把手電筒移開後，列維再睜開眼，疑惑地看著萊爾德身後。萊爾德立刻轉身，把光照過去——地板門關上了。就像從未被破壞一樣。

這一情景嚇得萊爾德一身冷汗，他剛想走回去，列維拉住了他，「算了，反正我們都下來了，先去前面看看。」

「萬一我們回不去了呢？」萊爾德問。

「按照原定計劃，我們現在本來就是要往下走的。下面也許還有更多危險，也許我們根本就上不來，所以現在根本沒必要思考如何回去的問題。」

「你真是冷靜到令人害怕……」萊爾德感嘆。

「謝謝誇獎。」

於是兩人繼續沿著狹窄的樓梯向下走去。樓梯陡但不長，經過了一個轉角平臺，再下五級臺階，就又踏上了水平的地面，來到一段一米長的小通道面前。通道盡頭有一扇門，門外有扣環，倒是不難打開。列維開門的時候，萊爾德一直在背後不停提醒他小心，也許門後面聚集著大量喪屍或者異形什麼的。

門內當然沒有喪屍。裡面是一間與外面客廳差不多大的房間，地面和牆壁是石磚砌成，牆上有燈，但已經不亮了。

房間一側擺著一組桌椅，款式十分眼熟。列維很快想起來，他在樓上也見過這樣的桌椅，伊蓮娜的臥室和另一間臥室裡都有這樣的桌子，當時他還覺得，這些家具一定都是同批購買的同款，看來他媽媽非常不浪漫，家具好用就行，根本不追求什麼情調。

桌子抽屜裡什麼都沒有，桌面上只留下了一盞檯燈。檯燈的電線通向牆壁，插頭躺在地上，旁邊的牆上有電源插座。列維試著把插頭插上，燈仍然打不開，看來這裡曾經有電，現在已經斷掉了。

萊爾德拿手電筒到處照，很快就又看到了兩扇門，一扇位於書桌那側的牆上，另一扇在旁邊的角落，非常窄，更像是單側的衣櫃門。兩人先去「衣櫃門」那邊看了看，門內竟是盥洗室。馬桶和洗手槽都十分簡易，沒有鏡子，洗手槽上躺著一隻乾癟的牙膏，沒有牙刷。

看起來，這個區域可能曾經是間隱蔽的地下書房，後來又被廢棄掉了。從整個區域的大小、深度來看，它肯定是卡拉澤家那座小山丘的一部分。小山丘的內部應該是空的，卡拉澤家不僅僅包括地面上的部分。

列維捏起牙膏看的時候，背後響起輕輕的「嘩啦」一聲。有點像是重量較輕的金屬互相撞擊……是鎖鍊之類的物品晃動的聲音。

兩人對視一眼，退出盥洗室。萊爾德的手電筒照向另一扇門。

他們剛走到門前，門內就傳出一個虛弱但怒意十足的聲音，「愣著幹什麼！咳……過來！給我過來！」

聲音非常耳熟。這就是艾希莉體內的那個男聲，正是他讓他們在霧中走回卡拉澤家。

列維拉開了門。這扇門也沒有鎖。

萊爾德用手電筒照進去，裡面的人發出一聲咒罵。萊爾德以為是光線太強，刺痛了那人的眼睛，於是立刻把光束移開，誰知那人又喊道：「廢物！別動！照過來！照著我！看著我！」

萊爾德撇撇嘴，又把光束對準了正對面。

「天哪……」看清之後，他拿著手電筒的手不小心顫了一下。

「這什麼玩意……」列維也不禁感嘆。

漆黑一片的房間裡，布滿了數不清的鎖鍊與繩索。它們形態各異，粗細不同，有手腕那麼寬的粗糙纜繩，有光滑纖細的線，有反射著冷光的鋒利鋼絲，還有環環相扣的鎖鍊。有些鎖鍊相交接的地方掛著複雜的金屬鎖，甚至有幾股鐵絲還冒著細細的電流。

它們就像是從牆壁裡生長出來的一樣，自上下左右各個方向伸出來，集中到房間中心的人身上。

它們不是纏繞著那個人，而是從他的身體各處刺進去、再穿出來，在他身上交織出無數個洞穿的傷口。

那個人維持著跪姿，低著頭，彎著腰，頭幾乎要垂到地板上，雙手卻向身後伸出，手臂反扭成不可能的角度。包括他的手掌和手臂在內，他全身都被各種鎖鍊和繩索交織穿過，被固定在這裡，根本不可能改變姿勢。

「列維．卡拉澤，你過來。」那個人仍然低著頭，聲音聽起來穩定了很多，「另一個人不要動。站在門口即可，一步也不要進來。」

列維和萊爾德誰都沒動，仍然站在門口。

「你認識我？」列維問屋裡的人。

那人嗤嗤笑了幾聲，說：「也不算認識……只是知道你而已。」

列維又問：「你是誰？」

伴隨著鐵鍊的晃動聲，那人緩慢地抬起頭，他的脖子上交叉著兩條鐵鍊，穿出四個血洞，但頭部並沒有被任何東西穿過。

他瞇著眼睛，迎著手電筒的光。列維發現這張臉有點眼熟，思考片刻之後，他想起了書房裡的那張照片。照片上的人比眼前這個人年輕一點點，他和伊蓮娜並肩而立，在這棟房子前合影。

隨著此人抬起頭，列維發現他的脖子下面有個細小的金屬物動了動。那是一條發黑的項鍊，下面掛著六芒星和希伯來字母組成的吊墜。

「丹尼爾……」列維輕聲說。

聽到這個名字，萊爾德用力打量那人的面孔，又看看列維：「天哪，那是你父親！你們長得可不太像……」

列維皺眉，「之前我說過了，丹尼爾不是我父親。」

聽他這麼說，房間中的男人又笑了笑。即使是輕微的笑聲，也會帶動他身上的無數繩索與鐵鍊叮噹作響。想必這會帶給他嚴重的疼痛，所以他馬上又咬著牙低下了頭。

「確實，」名叫丹尼爾的人說，「我當然不是你父親。伊蓮娜是我的姐姐。」

「但別人都以為你們是夫妻。」列維說。說完之後，他又暗自有些疑惑。

我在說什麼？「別人」是誰？我是從哪聽到別人說什麼的？列維一時間回憶不起這些，只是有個模模糊糊的印象……他只能想起伊蓮娜，卻對丹尼爾完全陌生，從前他在某處聽別人提到卡拉澤家的時候，大家說的都是「卡拉澤夫婦」。

丹尼爾說：「當年搬來的時候，我們的對外身分是夫妻。信使給我們準備的身分就是這樣。」

列維皺了一下眉。信使。

信使。導師。

他看了一眼萊爾德。這些詞似乎不應該讓萊爾德聽到。他說不出為什麼，就是認為不應該讓萊爾德聽到。

萊爾德果然立刻對此做出反應，「什麼信使？你們到底有什麼奇奇怪怪的身分？」

不知為何，丹尼爾又突然暴怒起來，「問夠了沒有！剛才我就說了，列維，過來，你，留在原地。你們是聾子還是瘸子?!將來會有時間讓你聊個痛快的！現在別他媽廢話了！遠遠看著我這副不堪的樣子很有趣嗎？」

他邊大喊邊渾身發抖，看來他寧可承受鎖鍊晃動時的痛苦，也要保留隨時發怒的權利。

「你是叫他過去，對我吼又有什麼用……」萊爾德嘟囔著。當然他並不生氣，因為丹尼爾看起來實在太慘了，慘到讓人可以忽視他的說話態度。

列維仍然沒有走進去，而是問：「為什麼需要我過去？你是需要我幫你嗎？」

「是，顯而易見。」丹尼爾說話的時候，每一聲鎖鍊的晃動都在證明他需要幫助。

列維說：「我在意的是，為什麼萊爾德必須留在原地。如果他跟我一起進去會怎麼樣？」

丹尼爾發出像咳嗽一樣的笑聲，垂著頭說：「他……會變得和我一樣。如果你們願意，就讓他試試。而你……你不需要害怕，你和他……你和我們不一樣，你不會被這些東西傷害到。我掙脫不了這些，但只要你願意幫我，一切就都不成問題。」

「我應該相信你嗎？」列維雙手環胸站在門口，仍然沒有動。

丹尼爾說：「你之前已經相信了我，所以現在才會站在這裡。」

他說話的時候，頸間那枚發黑的鏤空吊墜在不斷輕輕晃動。列維的手不由自主地抬起來，也觸摸到自己的脖子與鎖骨交界之處。他摸到了一個金屬製品，項鍊上掛著吊墜，吊墜是鑰匙形狀。鑰匙的圓形部分刻著一些東西，六芒星，銜尾蛇，字母……

他用指腹輕輕摩挲著那裡，同時死死盯著丹尼爾頸間的鏤空六芒星。

「好的，我明白了。」列維的表情忽然放鬆了很多。

他對萊爾德說：「我過去看看，你別跟過來，謹慎一點沒壞處。」

萊爾德拉住他，「等等！呃……我確實不敢進去，但是你怎麼知道你進去就沒事？也許這裡設了陷阱什麼的……」

萊爾德的擔心不無道理，而且列維也同樣對這一切心存警惕，不然他早就邁步靠近丹尼爾了。但現在……好像確實不需要擔心。列維心底浮起一種強烈且直白的感受：他完全可以安全地靠近丹尼爾，這裡的任何東西都不可能傷害到他。

他的目光盯住其中一條鎖鍊，沿著它慢慢遊移。凝滯的空氣與他的目光化為一體，從門前到室內，從鋼線切割出的幾何形狀，到每一節鎖鍊間的空隙……

他邁步走進室內，直接穿過了橫在眼前的一條繩索。

站在門前的萊爾德用力眨了眨眼，他還以為自己眼花了。

列維直接穿過了所有障礙物，金屬鎖鍊沒有因為他的腳步而發出聲音，鋒利的鋼線也沒能傷及他分毫，這些東西在丹尼爾身上鑽出鮮血淋漓的傷口，在列維身上卻變成了立體投影般的假象。

但它們並不是假的，它們也對列維也產生了反應，雖然延遲了幾秒。

首先是他穿過的第一條繩子，從他碰到的地方開始，繩子上面出現了類似被焚燒的痕跡。沒有明火和煙，也沒有聲音，繩子在隱形的火焰中被點燃了一小塊，然後變得焦黑、斷裂。焚燒的痕跡漸漸擴散，直到整條嵌入牆壁的繩子都被燒成了粉末，落在地面上。鎖鍊、鋼索和鋼線也一樣，雖然它們看起來是金屬，但也會像繩子一樣被焚燒。

十幾秒內，地板上便堆積了一層明顯的灰燼，但列維從灰燼上踏過去的時候，卻沒留下任何腳印。

無形的火焰向丹尼爾蔓延。嵌入他體內的鍊條和鋼線都在劇烈抖動，在這不堪想像的慘烈折磨中，他渾身抽搐著仰起頭，發出扭曲嘶啞的哀鳴。最後，那些東西也都變成了粉末，穿過他身上的一個個洞穿傷口，隨著血液流淌出來，和地面上的灰塵攪成一片暗紅色的泥濘。

丹尼爾的聲音哽住了，「撲通」一聲倒在地上。他安靜了片刻，慢慢蜷縮起來，掙扎著伸出一隻手，抓住了列維的鞋子。

列維皺了皺眉，只是探究地低頭看著他，並沒有任何打算伸手攙扶的意思。

萊爾德在門邊忍不住提醒：「呃，他可能是想站起來……」

列維回頭看他，「不，他現在不能站起來。」

這是個陳述句，列維的語氣非常冷靜，似乎一切都盡在他的掌握中。

萊爾德完全不明白這是什麼意思。他剛想再問，忽然覺得整個視野有點晃動。他第一個反應是以為自己頭暈，於是連忙扶住了門框，然後他發現並非如此，這不是頭暈，更像是發生了地震。

晃動在半秒之內變得更加劇烈，萊爾德盯著列維的背影，那背影在視野內來回移動，幅度之大猶如海浪上的小舟，萊爾德的目光幾乎跟不上。

在這異常的晃動中，萊爾德很快又意識到這不是地震，也不是眩暈。

他站立著，意識清楚，記憶連貫，沒有摔倒，甚至不需要刻意保持平衡。視野內整個房間支離破碎，地板傾覆，門扉扭曲，牆壁反覆折疊成不可能的角度，再展開為圓或塌縮成點，但土石沒有崩裂，灰塵沒有被揚起。

萊爾德好幾次看到天花板吞沒自己，下一瞬間又折疊成極小的顆粒；有時候列維的背影被顛簸到視力能看到的最遠處，一回神他又明明在自己前面兩步遠的地方。

一個平面物體突然迎面而來，萊爾德下意識地閃避，閉上眼，舉起一隻手來保護自己。

腳下一直踏著非常穩固的地面，身體卻被旋轉了無數次……再睜開眼時，萊爾德坐在桌前，雙手放在一本厚重的古書上。他大口喘著粗氣，心跳非常急促，花了好久才平復下來。

他盯著眼前的書本看了很久，不明白自己這是在什麼地方，在看的又是什麼。書本是羊皮紙捆綁成的手抄冊，上面書寫了兩種文字，一種類似拉丁文，另一種像是來自更古老的年代。萊爾德一個字也看不懂。

他慢慢抬起頭，書桌上堆滿了各種紙張書本……這畫面讓他忽然一陣噁心，是那種不需思考的、條件反射的噁心。可是「書本」為什麼會讓人噁心？他一時想不通其中原因。

書桌面對著牆，牆上也貼滿了各種紙張，有便箋，有標注了各種雜七雜八元素的地圖，還有不少是幾何圖形和數學算式。萊爾德伸手觸摸到一張便箋，把它取下來，對照著書本上的某處細細查看。

我根本什麼都看不懂，我為什麼要看它？心中升起這樣的疑惑時，萊爾德才突然意識到——這不是我，我不應該在這裡。

既然看不懂算式和古文字，他就改為看著自己的手。

這不是我。

他好不容易平復下來的心跳又加快了。

這不是我的手。

他試著左右看了看。他能控制這具身體，能站起來。他急切地想找一面鏡子看看自己的臉，轉過身之後，他認出了自己所在的地方。

他還在卡拉澤家，這地方是一樓的那間書房。現在的書房比他見過的模樣更凌亂一點，東西更多一些，但大致的布置差不多。

他推門而出，走到客廳和廚房之間的走廊上。現在室外是黑夜，也不知道幾點了，房子裡燈火通明，每間房間都開著燈，除了頂燈，連檯燈和地燈也一個不落，甚至有些角落還點了蠟燭作為補充。

他深感疑惑之時，外面傳來了三下輕輕的敲門聲。他連問也沒問就打開了門。門外是個五六十歲的婦女，她抬眼瞟了他一下，側身溜進來，主動反手關上門。萊爾德覺得這個女人有點眼熟，又一時想不起在哪見過。

女人平靜地看著他，「我沒有向學會報告任何事。」

萊爾德聽到自己沙啞地說：「做得好。」

說完，他愣了一下，摸了摸自己的嘴唇。他明明可以控制自己的動作……那剛才說話的人又是誰？

「你餵過它嗎？」女人問。

餵它？餵什麼東西？萊爾德茫然地看著她。

女人嘆著氣搖頭，「你看上去真糟糕……你能聽清我說的話嗎？能？好的。昨天我不是留下了東西，還告訴你怎麼沖泡了嗎？你餵過它嗎？」

萊爾德仍然一言不發。他想直接問「餵什麼東西」，但話還未出口時，他又突然想起了另一件事——他想起這個女人是誰了。他在辛朋鎮裡見過一個叫喬尼的人，他一直在發尋人啟事，啟事上的照片就是這個女人。瑪麗．奧德曼，六十六歲。在一九八五年的時候應該是六十六歲。

奧德曼搖著頭，獨自上樓去了。萊爾德愣在原地。過了不到一分鐘，奧德曼又嘆著氣回來了，她走進廚房去，背對著萊爾德忙忙碌碌，也不知在幹些什麼。

萊爾德終於調整好了情緒，走到廚房門邊，「奧德曼……」

剛叫出她的姓氏，萊爾德便在心裡拚命地反覆確認：這就是我在說話，沒錯，是我想說話才說的！我剛才確實想這樣說……他陷入一種詭異的混亂，竟然不知道究竟是誰在控制身體。

他的視野以這具身體為起點，他的「第一人稱」就落在現在的角度中，但他卻不知道自己是否存在。

瓦斯爐上點著小火，奧德曼似乎在加熱什麼東西。奧德曼回頭看著他。等了好久，發現他愣在那不繼續說話，奧德曼才說：「我看不出任何異常。真的。」

「它，」萊爾德問，「它是什麼？」

聽到這句疑問，奧德曼的眉間閃過一絲憂慮。從進門以後算起，她說話時的表情一直都很微小，也不知是有特殊原因，還是她這個人性格就是如此。

奧德曼轉向瓦斯爐，繼續忙手上的事情，背對著萊爾德。

她思慮了一兩分鐘，才緩緩開口：「通常來說，我們會遵從導師的意見，一切都應該以導師的意見為準。但如果要問我的想法，我會說『他』，而不是『它』。因為……」她又重複了一次那句話，「我看不出任何異常。」

萊爾德忽然明白了，「妳是說……樓上的嬰兒？妳說的是那個嬰兒嗎？」

奧德曼回過神，表情怪異地看著他。兩人又這樣沉默了好久，奧德曼準備好了奶瓶，打算上樓去。

路過萊爾德身邊時，她停頓了一下，又轉回身，「你要再上來看一眼嗎？」

「什麼？」萊爾德一陣驚慌。也不知道為什麼，奧德曼的提議帶給他極大的恐懼。

奧德曼說：「你想再來看一眼嗎？如果你仍然堅持……那麼我就不再照顧這個孩子了。丹尼爾，其實你並不確定，對嗎？」

丹尼爾？

見面前的人靜默不語，奧德曼接著說：「作為信使，我不該說出這樣的話。但……自從你與我做出決定，不會上報伊蓮娜的事開始，我們都已經不是合格的導師或信使了。依我看，現在你並不能確定這到底是某種異常現象，還是你自己的精神出了問題。也許那根本不是什麼可怕的東西，只是你姐姐丟下了一個孩子在家而已。我知道，這其中有很複雜的原因，與導師們的研究有關……但畢竟複雜的是研究，而不是孩子。」

「呃，奧德曼女士，」萊爾德緩緩搖著頭，「也許妳無法相信……但我不是丹尼爾……」

奧德曼開始走上樓梯。她好像根本沒聽見萊爾德剛才那句話，也可能是她聽見了，卻故意無視。走到轉角處時，她回頭望下來，目光中有一種微妙的憐憫，像是年長者在疼惜年輕人，也像是看多了這人身上的太多瘋狂，如今已經見怪不怪。

萊爾德想了想，最終還是拖著腳步，慢慢地跟了上去。

上到二樓，他走向那間有雙人床和嬰兒床的臥室。萊爾德跟著列維來過這裡，他還記得房子各處的構造。二樓的所有燈也都開著。萊爾德走上樓梯後，能看到奧德曼的背影。她在伊蓮娜的房間裡，彎著腰，哼著安撫的鼻音，正在從雙人床旁的嬰兒床裡拿起什麼東西。

不，那不是任何「東西」，顯而易見，那肯定是一個嬰兒。萊爾德已經聽見了嬰兒「咿咿呀呀」的聲音。

那會是小時候的列維嗎？嬰孩時代的列維．卡拉澤？那個刻薄冷酷、不尊重人、容易迷路、缺乏同情心的男人……現在還是一個軟綿綿的小天使？

站在走廊裡，萊爾德還忍不住為這個想法發笑。

他想像出來的畫面是：一個穿著天藍色連身裝的嬰兒，臉蛋是成年列維的長相，小手上抓著一個漢堡……嬰兒抿著嘴，正在努力把裡面的肉排單獨叼出來，還維持著一臉不耐煩的表情。

這個滑稽的畫面出現之後，萊爾德之前滿心的疑惑幾乎要被驅散了。

他仍然沒有搞清楚自己的處境，這些需要慢慢觀察。現在他只是想著：我可以先去看一眼那個嬰兒，如果我真的在用丹尼爾的眼睛看這一切，那麼丹尼爾也會去看的。丹尼爾和伊蓮娜是姐弟，又因為不明原因偽裝成了夫婦，丹尼爾是列維真正的舅舅、假冒的父親，無論是哪個身分，他都會去看看嬰兒的。

萊爾德唯一不明白的是，從奧德曼的態度來看，他感覺到丹尼爾十分排斥這個嬰兒。說排斥都不準確，那幾乎是恐懼與憎惡。

他走到了臥室門前。房內只有奧德曼，以及奧德曼臂彎中的襁褓。看來伊蓮娜不在家。她的雙人床十分平整，平整到顯得寒冷的地步，簡直像很久都沒有人睡過。

奧德曼聽見動靜，轉過了身。她一手拿著奶瓶，正在給懷抱裡的東西餵食。懷抱裡的東西。

看到它的一瞬間，萊爾德心中並沒有浮現出「嬰兒」這個詞語。

接著，他完全明白了丹尼爾的恐懼和憎惡從何而來。

丹尼爾．卡拉澤後退了幾步，跑回一樓，面帶痛苦地來回踱步。

奧德曼抱著「嬰兒」在樓梯上看他。他沒有回頭，而是衝出家門，連滾帶爬地離開小山丘，衝向夜幕中的街道。

同一條街上，有零星幾扇窗戶裡亮起了燈光，很快又黑了下去。

萊爾德根本來不及思考。

他來不及思考自己看見了什麼，來不及思考自己為何會如此反應，也來不及思考怎麼做才是正確的。

他只想快點遠離那個東西，快點把它的形象從眼底抹去。如果可以的話，他甚至想撕開頭顱，把記憶了那一幕的區域從腦中挖出去。

他一直奔跑到幾乎無法呼吸，終於腿一軟，跌倒在路邊。他在地上趴了好久，幾次想起身都沒能成功。終於喘順了氣之後，他半跪半趴著，望向前面的大馬路。

這條路盡頭是一棟低矮的公寓，公寓門口的燈光映照出四道人影。他們的聲音很年輕，正在寂靜的夜晚裡大聲說笑著，好像正說到要去什麼地方玩樂。

公寓三樓的一扇窗戶裡亮著燈，燈光中依稀有個女人站在那，看著街上的四名青年。

公寓前光照充足，但前面的路上燈火比較昏暗。丹尼爾能看到那四人，但他們大概看不清趴在地上的丹尼爾。

四人走到街道中段，距丹尼爾還有一段距離。他們停下了腳步，似乎在商量著什麼。

萊爾德稍一晃神，他們的身影便從視野裡消失了。

萊爾德忽然想起來了那本刊物。《奧祕與記憶》一九八九年十月刊，深度分析了辛朋鎮人員失蹤的未解之謎。

一九八五年三月，先是捕鼠人在隧道中失蹤，然後是四個夜間外出的青年憑空消失。事發時，其中一人的母親站在窗前，直接目擊了他們消失的瞬間……

一陣冷冽的夜風拂過。萊爾德清晰地意識到，此時正是一九八五年三月的夜晚。

SEEK NO EVIL

CHAPTER THIRTY

【伊蓮娜】

一九八五年三月的某天，丹尼爾在辛朋鎮外的廢棄隧道裡畫了一幅很古老的圖形。圖形的原型來自納加爾泥板，上面較為精細的幾何圖形是泛神祕學時期被破譯還原出來的。

完成圖形之後，丹尼爾在對應位置加入了關於辛朋鎮的大量參數，包括但不限於海拔、經緯數字、即時人口等等，甚至還有即時人口的年齡，年齡精確到了分秒，除此之外，還有各種關於這條隧道、這座山脈的數字。前往隧道之前，丹尼爾已經連夜整理好了這些數據，並且反覆驗算過。

接下來，他要在還原泥板圖形的基礎上，結合已有的所有資料，逆向使用一八二二年首批導師留下的算式陣。

一八二二年夏天，學會正式成立不久，一位平時並不出眾的導師完成了可破除盲點的算式陣。不幸的是，當時所有參與者均葬身海底，寫在船隻甲板上的算式陣也遭到了海水的無情破壞，變得殘缺不全。

一九八〇年，丹尼爾與伊蓮娜共同的老師因病去世，同年，他們姐弟接手了老師的研究，繼續還原一八二二年算式陣。

在學會裡，很多年長的導師都認為伊蓮娜是難得的天才，她不僅有聰明的頭腦，更有著罕見的敏銳天賦。不過伊蓮娜並不在意這些讚譽，她厭惡團隊式研究，更喜歡離群索居。她身邊的助手只有弟弟丹尼爾，生活圈附近只有一位信使隨時待命。

伊蓮娜沒有辜負眾人的期望，僅僅花了兩年時間，就還原出了一八二二年算式陣。然後，在弟弟兼助手的見證下，她親自「試用」了它。她破除了盲點，走入了高層視野，也就是俗稱的「不協之門」。

疑似走入「不協之門」的人有很多，但那些情況更像是「門」選擇了人，而不是人主動抓住了「門」。有記載以來，除了一八二二年的導師以外，伊蓮娜是第一個主動破除盲點的人。

伊蓮娜在一九八二年的實驗是祕密進行的，外界對她的行動毫不知情，連學會都以為她只是在繼續閉門研究。知道實情的只有丹尼爾與一名信使。

丹尼爾不僅是伊蓮娜的弟弟，更是她最得力的助手。比起學會，他更忠誠於姐姐。至少在一九八二年的時候是這樣。

至於那名服務於卡拉澤家的信使……用伊蓮娜的話來說，瑪麗．奧德曼為學會服務了半輩子，但自從她回到故鄉辛朋鎮，她就陷入了對世俗的眷戀之中。奧德曼早就對學會不忠誠了，只要她可以留在辛朋鎮，可以保住那些珍貴的日常人際關係，她會願意做任何事，也會願意幫別人隱瞞任何事。

無論是學會，還是辛朋鎮的居民，誰都不知道伊蓮娜已經消失了。對辛朋鎮的居民來說，卡拉澤家的房子是一棟閒置了很久的老屋，位置有些偏僻，還自帶一些不詳的怪談。然後一對孤僻的外來「夫婦」搬了進去，他們脾氣古怪，基本上不與本地人來往……這座偏遠小鎮本來就比較封閉，既然這些外地人態度冷淡，居民就更不會去主動關心他們了。

在伊蓮娜開始使用算式陣之前，丹尼爾詢問過姐姐，為什麼要隱瞞這麼重大的事情，為什麼不及時通知學會。這個研究不會帶來任何世俗的功利，也不會有人來搶什麼功勞，因為這麼做根本沒意義。

伊蓮娜沒有正面回答他，只是輕蔑地笑了笑。

伊蓮娜的身形消失之後，丹尼爾並沒有閒著，他繼續鑽研泥板圖形和算式陣，希望能有新的發現。

一開始的時候，丹尼爾對姐姐懷有信心，認為她一定會帶著罕見的知識歸來；時間一天天過去，漸漸地，丹尼爾開始動搖了。他擔心伊蓮娜犯了錯誤，也許她太自大了，也許她根本沒有能力控制盲點……

過去也曾經有人離開過「不協之門」。其中包含的學會內部人員並不多，更多的是那種似是而非的疑似記載。無論他們的經歷是不是真的，這些人都有一個共同的特徵：回來之後，他們都失去了正常神志，無法對曾見過的東西給出清晰結論。輕者整日被瘋狂折磨，重者甚至變成了毫無自理能力的廢物。

丹尼爾很擔心姐姐也會變成這樣。又或者，她根本沒有變成這樣的機會，她會永遠無法回到低層視野。

懷著這樣的焦慮，丹尼爾整日沉浸在研究中，過了一段廢寢忘食的日子。

在先人與姐姐留下的研究基礎上，他獨自研究出了算式陣的逆向使用法：把已被破除的盲點進行過濾，讓它在觀察者的感知中重新「盲化」……也可以說是過濾掉觀察者的知覺，讓已被目睹到的「門」從他們的感知中消失。

只可惜，丹尼爾暫時無法驗證這個研究成果，他沒辦法做實驗。他做不到主動破除盲點，也許這是因為他的天資不如姐姐。可是如果不先進行破除，就沒辦法在此基礎上逆向過濾，於是，他的研究只好長期處於理論階段。

其實丹尼爾自己很清楚，即使他能做到，他也不想那樣做。他沒有伊蓮娜那種勇氣……徹底背離熟悉的一切，去注視比深海和宇宙還要未知的空間。

直到那一天。一九八五年二月的一天。

丹尼爾趴在書桌上小憩，忽然，一聲震耳的咆哮聲將他驚醒。他起身面對熟悉的房子，看到的卻是令人恐懼到無法形容的東西。

他的視野開始閃爍，周圍事物變成了被切割的影片，影片中每兩幀之間都被加入了令人憎惡、令人崩潰的恐怖之物。

影片高速地播放著，在眼睛裡，在耳朵裡，在觸覺和嗅覺裡……他無處可逃，只能寄望於這些都是幻覺，希望自己的眼睛能只看著「正常」的畫面……

視覺會欺騙大腦，大腦又會欺騙靈魂。當「正常」的畫面殘留在眼睛裡，與下一個「正常」畫面相連接時，插在兩幀之間的「不正常」之物，就好像真的不復存在了似的。

於是，漸漸地，丹尼爾眼睛裡的畫面穩定下來了。

他不知到底哪邊才是錯覺。那些令他尖叫的東西，是他的惡夢嗎？是幻覺嗎？或者，現在眼前這棟一切正常的房子才是幻覺？

思考這些的時候，令人不適的畫面又一次侵襲了過來。

他好像看見了姐姐的身影，又好像看到猙獰的惡靈在家中穿梭，建築物裡的木頭在吱呀作響，不知名的生物抓撓著外牆，有人在他耳邊低聲細語，同時又有野獸在遠處不斷咆哮……

丹尼爾掙扎著跌入地下室，那裡是他和姐姐共用的實驗場所。他從書櫃抽屜裡找到一瓶藥片，來不及倒水，直接吞了一片下去。

驚懼感漸漸消失了。丹尼爾開始懊悔。藥不是這樣用的，不是讓人在日常生活中安撫心神用的。他還不知道那陣幻覺與驚恐的起因，如果只是精神問題導致的，那麼他吃這種藥來對抗症狀可就大錯特錯了，這無異於為清理汙物而把手伸進強酸。

徹底平靜下來之後，丹尼爾慢慢走出地下室。站在客廳裡，他聽到樓上傳來了嬰兒啼哭的聲音。

對他來說，這是一切的開始。

之後，他聯絡了信使瑪麗．奧德曼。奧德曼認為這嬰兒沒什麼不對勁的地方，可丹尼爾卻從它身上看到了無法形容的恐怖。

他很想再吃幾片藥，最終還是不敢這麼做。那種藥很有用，但也很危險，學會的培訓強調過無數次，不能短時間內大量服用，也不能連續幾天服用。

丹尼爾已經吃過一次藥了，照理來說他應該保持平靜，但他還是會看到令人憎惡的東西。他無法確定，到底是因為自己胡亂服藥，產生了嚴重的精神損害，還是真有什麼難以理解的事情正在發生。

那天晚上，丹尼爾衝出房門，希望夜風能讓自己的頭腦清醒一些。

然後，他看到了盲點。它在一瞬間吞噬了四個人，他們的身影在街道上憑空消失。

發生這一幕的前不久，才剛有一個捕鼠人在鎮外的隧道裡失蹤，這聽起來屬於偶發事件，並沒有引起人們的重視。丹尼爾也去過那條隧道，它是禁酒令時期留下的，原本已經被封閉。不久前，丹尼爾曾偷偷進入隧道，在裡面留下了一個不完整的逆向算式陣。那時他的研究還沒有成功。

也許這個行為反而導致了捕鼠人的迷失。逆向算式陣可以過濾人的感知，而它的半成品可能反而會引導人去注意到某種東西。可即使如此，它也不至於累及整座小鎮。

當看到街上的四個人憑空消失時，丹尼爾意識到，有事情發生了。半成品算式陣只能算是一道小小的蛀洞。借助這個小蛀洞，某種更加巨大的災難開始探出爪牙。

丹尼爾的預感沒有錯。接下來，辛朋鎮變成了巨大的迷宮，每天都有人被看不見的東西吞噬。

根據丹尼爾的測量計算，辛朋鎮已經千瘡百孔，到處都是肉眼可見或不可見的盲點。

丹尼爾像個瘋子一樣在鎮裡到處遊蕩，一旦計算出異常波動，就連忙在附近畫下逆向算式陣。對於普通人來說，那些油漆或粉筆留下的符文很難理解，它們令人聯想起邪惡教派的巫術。這時的小鎮已經有大半居民失蹤，人們陷入了混亂和絕望，根本無暇留意這些多出來的塗鴉。

對丹尼爾來說，做這種挽回工作並不容易。他像個幽靈一樣徘徊在鎮上，經常整天滴水未進，身體日漸衰弱……令他不安的是，他時時刻刻都能聽到那個聲音……那個嬰兒啼哭的聲音。

無論他是在家中還是街上，無論他是清醒或昏沉。當他疲勞得打起瞌睡時，啼哭聲會突然化作恐怖的咆哮，震得他一陣心悸。

終於有一天，他決定回到家中，去面對那個他至今不能理解的惡夢。

他先去了地下室，把所有可能涉及機密的物品都妥善藏好，在門上施展了逆向算式陣——這東西可以過濾感知，不僅可以讓人忽視「門」，還能令人忽視現實中存在的物體。

他不希望有無關人員搜查這間地下室。其實他本來想在房子裡澆上汽油，一把火將研究物品燒掉……但他始終也捨不得這麼做。

然後他回到自己的書房，從抽屜裡拿出一把左輪手槍，慢慢走上樓梯。

嬰兒不哭了，但還在發出聲音，它還活著。最近連奧德曼都不來照顧它了，真不知道它為什麼還能活這麼久。

丹尼爾已經疲憊到近乎瀕死。推開姐姐的房門時，他慢慢睜大眼睛，不知自己看到的是不是幻覺。

姐姐伊蓮娜站在臥室裡。

她從嬰兒床上抱起了那個東西。她的姿勢不像是抱孩子，更像是捧著某種神聖的物品。

丹尼爾和姐姐參加過觀摩納加爾泥板原件的儀式，那時候他們的老師身穿祭典服裝，戴著白手套，捧著泥板的碎片……此時伊蓮娜的神態和姿勢與當年的老師非常相似。

嬰兒的哭聲已經消失，取而代之的是空氣中無處不在的絮語。

它們似乎來自年齡不同的人類，又全都像是姐姐的聲音……是伊蓮娜嬰兒時代的咿呀聲，幼童時代的稚嫩歌謠，少女年齡的甜美嗓音，成年後溫柔沉穩的細語……甚至還有衰弱老婦的聲音，以及枯骨摩擦的澀響……那是伊蓮娜尚未經歷的年紀，但此時它們全都一起出現了，一起對著丹尼爾講述她的所知、所感。

聲音圍堵住了丹尼爾身邊的所有空氣，硬生生侵入他身體的每個縫隙，從毛孔游進肌肉和骨頭，一路鑽進他的靈魂。

終於，他聽懂了姐姐說的話。他的感覺沒有錯，他沒有發瘋。那確實不是嬰兒。

「妳成功了？妳成功了……」丹尼爾雙手抱頭，跌倒在地板上。

伊蓮娜沒有回答。她伸出一隻手，想要撫摸丹尼爾的腦袋，丹尼爾在地板上挪動身體，畏懼地向後退縮。

丹尼爾緩緩搖著頭，「但……這應該不是我們原本期待的東西吧……不是吧？」他掙扎著抬起頭，「我們……不應該擅自混淆界限……」

伊蓮娜面如冰霜，嘴唇沒有動，但丹尼爾能夠感覺到她的回應：失望，憤怒，厭煩——你與學會的其他人一樣軟弱，而整個學會又如世俗一樣畏首畏尾。

伊蓮娜很美，她的笑容也透著一股坦誠的明媚，現在她懷抱著襁褓，身穿淺藍色的簡單連身裙，室內的燈光鍍在她身上，讓她整個人沐浴在柔和的光暈中。

丹尼爾顫抖著抬起雙手，扣下了手槍扳機。

震耳的槍聲暫時遮蔽了無處不在的絮語。丹尼爾意外地發現，自己反而能聽見別的聲音了。

他聽見了一點來自現實的聲音……是瑪麗・奧德曼，她大叫著「住手」，衝進了房間。

進來之後，奧德曼的腳步突然停頓住，然後慘叫著跌倒在地。她比丹尼爾的反應還要劇烈，丹尼爾尚且保持著思考能力，奧德曼卻在一瞬間陷入了瘋狂。

她的尖叫聲讓丹尼爾更清醒了一些。丹尼爾意識到，奧德曼是聽到槍聲後衝進來的，在進來之前，她大概根本不知道這裡發生了什麼。

她進來的時候是毫不猶豫的，走到伊蓮娜與丹尼爾之間時，她卻突然崩潰跌倒……也許她本想撲過去保護伊蓮娜母子，但就在走向他們的時候，她看見了母親與嬰孩之外的形象。

奧德曼一路縮到牆角，距離丹尼爾不遠。她雙手捂著臉，從指縫向外看，與丹尼爾目光相接後，她開始大叫著「殺了他們」、「開槍」、「快點開槍」……

之前她一直認為自己在照顧「嬰兒」，一直看不見別的東西。而現在，她甚至無法直視眼前的「母子」。

不知道她究竟看到了怎樣的畫面，是不是比丹尼爾眼中的世界更加恐怖。

但丹尼爾沒有繼續開槍，他忽然有了別的想法。他直接把左輪手槍拋給了奧德曼。果然，失去理智的奧德曼立刻朝面前的伊蓮娜和「嬰兒」扣動扳機。

奧德曼是個六十六歲的婦人，根本沒有練習過如何射擊，丹尼爾並不期望她能打中什麼，也並不害怕被她誤傷。

姐姐的聲音仍然無處不在，它們就像有實體的利器和鞭子一樣，正一刻不停地鑽進丹尼爾的大腦。現在，震耳的槍聲接連響起，丹尼爾可以借此保持專注。他拿出一支炭筆，在奧德曼腳下迅速畫出了逆向算式陣。

丹尼爾已經十分熟練，完成算式陣只需要幾秒鐘。接著，他把自己胸前掛著的項墜提起來，扣在奧德曼後頸上，他說話的聲音很小，但可以一字不落地傳入奧德曼的腦海，「學會信使瑪麗·奧德曼，我以導師的身分交給妳一項任務，妳的最後一項任務，請務必完成……」

他讓奧德曼負責觀察辛朋鎮內的所有「盲點」，也就是所有「不協之門」的閃現狀態。如果他留下的逆向算式陣陸續生效，在半個月之內，鎮內的所有「盲點」都會變得不可觀測。

當這一切平息後，奧德曼要負責擦除所有算式陣。無論是哪一種，無論其完成度如何。

逆向算式陣雖然能夠暫時「關上」那些門，但它們本身又是一道道極為顯眼的「鎖具」。這道理很簡單，如果人們在一個地方看到了鎖具，就自然而然會想到門，再隱祕的門也會因為鎖具而暴露。想讓「門」永遠不可見，最好是讓人連「鎖」也看不到。

最後，他還把收藏著藥片的位置告訴了奧德曼。經歷這些之後，奧德曼會需要學會的神智層面感知拮抗作用劑，服藥之後，她才有穩定的精神去完成任務。

奧德曼滿面淚水，已經打空了全部的子彈。

丹尼爾的手指慢慢離開了她的頸部。

在他們面前，伊蓮娜半邊身體沾滿鮮血，也不知到底是哪裡受了傷。她既沒有哭叫，也沒有躲閃，甚至臉上連一絲痛苦的神情也沒有，她仍然微笑著，徐徐轉身，把懷裡的襁褓放回了嬰兒床中。

咆哮聲也好，各種無法形容的詭異聲音也好，在這一刻，它們全部淡去，被稚嫩的啼哭聲取代。

丹尼爾望向嬰兒床，透過柵欄的縫隙，他看到一個棕色頭髮、圓滾滾的小東西，在沾著淚水的小臉蛋上，有一雙灰綠色的大眼睛。

丹尼爾看過伊蓮娜嬰孩時的照片，這個嬰兒和她小時候非常相像。

他終於看到了這個「嬰兒」在別人眼裡的模樣。

「列維．卡拉澤，」伊蓮娜把一張紙折疊起來，放在一旁的書桌上，那上面應該是這個嬰兒的各種資訊，「我隨便想了個名字……他叫列維。」

這是今天伊蓮娜做出的第一個能被理解的行為，也是她說出的第一句真正意義上的「話語」。

伊蓮娜低頭看著嬰兒，丹尼爾則看著她。之前持續存在於空氣中的絮語全部消失了，房子內部也不再是鬼影閃現的魔窟，夜風吹入窗縫，外面傳來了布穀鳥的聲音。

丹尼爾意識到，是逆向算式陣正在生效。

如果這一個逆向算式陣能有用，那麼他留在鎮上其他地方的也應該有用。

嬰兒無自覺地趴在被褥中，瑪麗．奧德曼神志不清地倒在地毯上。他們都看不見——房間中心有一張巨大的陷阱，就像流沙形成的旋渦。這是一處正在關閉的盲點。它徐徐吞沒了伊蓮娜和丹尼爾。他們既是留在原地，也是在漩渦中下墜。

伊蓮娜最後看了嬰兒一眼，靠近過來，握住了丹尼爾的手。

列維站在坡地上，四周漆黑一片。地下室分崩離析之後，他就站在了這裡。他有一支手電筒，是之前萊爾德從儲藏室拿下來的，他記得那支手電筒有著款式古舊的金屬外殼，現在他拿的手電筒卻是黃黑相間的塑膠外殼……列維決定不管這麼多，反正這光源都不一定是真的。

他把光照向腳下和身邊，認出這塊坡地是卡拉澤家外部的小山丘。他往高處走，光線卻照不到卡拉澤家的門，而是照到了一塊黑色平面。它與地面平行，展開在半空中，切入了小山丘內部，像是一塊黑色的天花板。列維向上走了幾步，走到較高的地方時，他的頭頂能夠碰觸到那個平面。

列維觸摸它，手指感覺到堅硬的阻力，沒有任何較冷或較熱的感覺，也分不出是光滑還是粗糙。它像是黑暗形成了某種實體，把通往更高處的路橫著截斷了。

列維拿手電筒照向四周，光源最多只能照到幾步外，在被照亮的範圍內，山丘上茂密的植物一切如常，而照不到的地方則被絕對的黑暗吞沒，沒有半點過渡，光照之外的事物猶如根本不存在。

列維沿著小山丘上的石頭臺階向下走。大約兩分鐘後，他停下了腳步。他並沒有數過山丘上的石階數。即使不用數他也知道，這條石階路根本沒有這麼長。周圍仍然是茂密的灌木叢和多葉植物，它們看起來全都長得差不多。列維又向下走了一段，他憑感覺數了大約三分鐘，石階還沒到底，小徑仍向著黑暗的深處延續。

列維的嘴角浮現出一絲笑意，因為他忽然想到，如果萊爾德在這裡，他可能會被眼前的變化嚇得不停地說廢話。萊爾德非常害怕的時候，話就特別多。

但是萊爾德竟然不在這裡。在列維看來，他身處的環境好像沒有什麼太大的問題。萊爾德和丹尼爾都不見了，這才是比較奇怪的地方。

他喊了萊爾德幾聲，當然無人應答。他決定不走這條石階路了，改為撥開茂密的植物，到小山丘的其他地方去搜索一下。

沒過多久，他撥開枝枝葉葉，又回到了石階路上。雖然小徑變成了無限延伸的道路，但山丘的坡度和範圍卻沒有發生變化，既沒有變寬闊，也沒有變陡峭。

「這樣不符合常理，」列維撇撇嘴，自言自語著，「我應該害怕嗎？」

說是這麼說，其實他並沒有表現出一點恐懼。他繼續不停向下走，不再默默計時，也不計算臺階的數量。

不知過了多久，手電筒熄滅了。列維想拍拍它，卻一巴掌打在了自己的手腕上。他握了握兩隻手，兩隻手裡都是空的，什麼都沒有。好像一開始就根本沒有什麼手電筒。不過，他仍然可以順利地下臺階。周圍仍然很黑，他也沒有長出夜行動物的眼睛，他之所以可以走路，是因為他根本不需要看清。

又過了一段時間，他聽到前面傳來了一點聲響。很細微，不仔細聽就察覺不到。

他放輕腳步，減慢速度。遠方出現了一點亮光，像螢火一樣細小，列維又走近了一點才意識到，並不是亮光太小，而是它太遠了，可能比起始點到他現在的位置還遠一些。

雖然很遠，他仍然能看到那一抹光亮的範圍內部。是萊爾德，還有丹尼爾。

原來萊爾德沒有昏迷啊。列維默默想著。

發現萊爾德不見了的時候，他一直認為萊爾德肯定是又昏迷了，倒在了什麼難以尋找的角落。按照以前的經驗，只要出現突發情況，萊爾德就有可能會昏倒，列維覺得他十分擅長昏倒。

這次竟然沒有。萊爾德捧著一支蠟燭，跟隨著前面的丹尼爾，丹尼爾的手裡也有同樣的蠟燭。

列維繼續向下走，無聲無息地拉近與他們的距離。那兩人絲毫沒有察覺到他的靠近。

觀察了片刻之後，列維看出他們手裡的東西不是真正的蠟燭。丹尼爾手裡的「蠟燭」流溢著暖光，他向前走的時候，光不僅保持在火苗周圍，還像溪水一樣向後流淌，流淌到萊爾德手裡的蠟燭上，再次形成金色的光暈。

萊爾德的蠟燭上並沒有明火。它散發出的光芒完全來自前面。萊爾德的雙手被困在光暈範圍內，像戴了手銬一樣無法自如移動。燭光拖著他向前，他的腳步只能跟隨丹尼爾。

「我有個問題……」萊爾德的聲音飄蕩在黑暗裡。

丹尼爾沒回頭，說：「你已經知道太多事情了，到底還有什麼不懂的？」

「我……到底看到了什麼？」

「你看到了這東西……這地方的過去。」丹尼爾說。

萊爾德一直低頭看著腳下，表情有些僵硬，「為什麼要給我看？」

「我根本沒打算給你看，」丹尼爾手裡的火苗晃了晃，「當它……當列維破壞我身上的束縛時，不僅我很痛，她也會感覺到痛苦。其實那只是很短的一瞬間……在那個瞬間裡，我和她都受到強烈的衝擊，有些東西就會失控溢出。幸好我早有準備，所以很快就恢復了神志。」

說著，丹尼爾回了一下頭。此時，列維跟隨在他們身後，就在距離萊爾德斜後方不到三米的地方。他以為丹尼爾會看見他，但丹尼爾並沒有。

丹尼爾只是在觀察萊爾德的狀況，看了一眼，他就又轉身向前了。

「你叫萊爾德是吧，」丹尼爾說，「你很有資質，很敏銳，不久前你應該遇過學會成員吧，他為了展現某些東西給你，把你身上殘留的法陣啟用了一小部分。我想，正是因為如此，你才會直接接收到了我和她失控時溢出的記憶。」

「我身上？法陣？你說什麼？」萊爾德皺眉。

丹尼爾說：「怎麼，你不知道嗎？你不是都去過第一崗哨了嗎？唉，其實連我都還沒去過……在那裡閱讀的時候，你沒用上你的法陣嗎？」

萊爾德困惑地輕輕搖頭。

丹尼爾說的事情，他大部分都不太明白，不過，他倒是能明白其中一些。比如「遇過學會成員」。這指的應該是他在森林與斷崖邊的經歷，他與那個灰色獵人的交流。萊爾德仍然記得從灰色獵人腦海中看見的風暴與大海，以及那些強烈的「撕毀書頁，處決獵犬」的執念。

又比如「第一崗哨」。萊爾德也記得見過一座方尖碑，有一位戴著鳥嘴面具的黑衣人駐守在其中。他對「閱讀」這個詞也有點印象，在崗哨的地表以下，他確實閱讀過一些東西，似乎是古書，似乎是屍骨，也似乎是更加混沌難辨的事物。

除了這些以外，什麼法陣，什麼資質，「她」又是指誰，現在他們兩人要去什麼地方……他都是一頭霧水。

「我身上殘留的法陣……」萊爾德嘟囔著，「到底是什麼？」

丹尼爾又回頭看了他一眼。在這個時候，跟著他們的列維已經逼近到了萊爾德身後兩三步的地方，藏身在黑暗中，在燭火光暈的範圍外，丹尼爾仍然沒有發現他。

丹尼爾嘆口氣，說：「原來你不知道啊……看你這麼有資質，又和它……和列維在一起，我還以為你是學會的新人。」

他停頓了一下，萊爾德還以為他不想說下去了，但他只是在尋找恰當的表達方式，想好之後，他就繼續說：「照理來說，這一切都應該保密，但反正我們都變成這樣了，哈……對你保密也沒什麼意思了。」他聳了聳肩，「你不是學會的人，我講的事情你可能聽不懂，我儘量用你能理解的方式說吧。

「萊爾德，你以前接觸過我們的人，不是近期，而是在很久以前。你身上的法陣，應該就是當年那個人留下的。我們導師都叫它『卡帕拉法陣』。這個詞出自煉金術相關體系，但它和煉金術無關，只是一個命名而已。我是不是說得太複雜了？聽得懂嗎？

「簡單點說，它就像安裝在你身上的一個控制臺，能夠開啟或關閉很多功能。熟練掌握隱祕技藝的導師都可以施展它，操作它，如果你本人受過訓練，就可以親自操控身上的法陣了。

「嗯……但你的情況有點特殊，你身上的法陣是預設隱藏，而且是長期禁用狀態，你完全不懂如何操控，甚至你都不知道它是什麼……」

丹尼爾嘖嘖搖頭，似乎是對這種情況感到惋惜。

萊爾德低著頭，正好能看到自己的胸口。他聯想起一件事，每當他接收到一些似乎很重要的資訊，身體深處就有可能浮現出極為強烈、原因不明的疼痛。

丹尼爾接下來說的話，正好回答了他的疑惑，「如果法陣是預設禁用，而你又不會自己操作，那麼當來自外界的一些東西衝擊它的時候，或者有人強行啟用它的時候，你可能會非常痛苦。你想像一下，就比如說一扇門吧……別人要開它還是要關它，是要進去還是要出來，這些都是正常的行為，但如果有人強行突破這扇門，或者在關著門的狀態下非要把龐大的東西塞進門縫，這扇門就可能會被損壞。怎麼樣，你有沒有類似的經歷？」

「我不知道那算不算……」萊爾德說。

丹尼爾說：「你自己體會吧。畢竟我沒經歷過，不知道到底有多難受。聽說不比女人生孩子輕鬆多少。」

「你沒經歷過？」萊爾德問，「你不是那個什麼『導師』嗎？你身體裡反而沒有這玩意？」

丹尼爾搖搖頭，「我曾經想幫自己弄一個，但沒來得及。現在的我……現在我已經不能安裝這種東西了。法陣只能安裝在適合的人身上，如果你不適合，它就根本無法起作用。沒有樹冠，就不能安裝樹屋，這樣比喻你能明白嗎？」

萊爾德自言自語道：「沒有樹冠就不能安裝樹屋……哈，很生動，你不是智慧型手機，就不能幫你安裝應用程式……」

「你在說什麼東西？」丹尼爾看他一眼。

萊爾德笑得更厲害了，肩膀微微發顫。

列維藏在黑暗中，倒是很明白萊爾德的笑點。

剛才丹尼爾長篇大論地說了一堆，列維是學會成員，他能聽懂一些，但萊爾德可能只能理解大致意思。而當萊爾德嘀咕什麼智慧型手機和應用程式的時候，這兩個詞語對丹尼爾來說完全陌生，他的迷茫應該不亞於萊爾德聽到「卡帕拉法陣」的時候。

偷笑的萊爾德讓列維回想起了從前，在蓋拉湖精神病院的時候。不論正在經歷多麼痛苦的事情，萊爾德總是能抽出一點點精力來開玩笑。

列維有點喜歡這種玩笑。因為，它總是能把人的意識拉回「當下」。

比如當年的一次經歷：

蓋拉湖精神病院的舊院區裡，身為實習生的列維沉浸在各種研究資料中，連夜幕降臨也渾然不覺。偶爾抬頭望向窗外時，他會覺得周遭的事物有種不真實感，家具、牆壁、庭院、樹木、遠山……一切都變得像是布景，是畫在眼底的圖案。

那種時候，他總會有一種衝動，想向著昏暗的天空伸出手。在察覺到那些物體都是布景之後，也許只要伸出手去，就可以觸摸到那些「真正」的事物……

他站在窗邊，無意間低下頭，看到樓下院子裡一片蒼白色。他這才意識到，雪已經下了很久。

積雪上有個小小的身影，是十二歲左右的萊爾德。萊爾德穿著厚外套，拿著不知從哪偷到的拖把，實習生一開始不明白他在幹什麼，還以為他想清掃道路。

小萊爾德當然並不是在除雪。實習生看了好一段時間，才明白萊爾德是在製造恐龍腳印。

他用拖把和自己的腳推開積雪，做出一個又一個巨大的雞爪形「腳印」，從樓上看下去，還真的挺像有怪獸在院子裡漫步過。

因為實習生沒有開燈，小萊爾德沒有看見他。製作完一串腳印後，萊爾德趕在有人巡邏之前跑回了病房。實習生去看他，發現他蜷縮在被子裡，看來，他為了做腳印把自己凍得很慘。

看到實習生之後，小萊爾德哆哆嗦嗦地說，你得幫我一個忙，很重要，我在衛浴間裡藏了支拖把，你幫我把它送回工具間去……

就是在這時候，實習生忽然回到了「此時此刻」。

眼前的建築物不再是虛假的布景，雪後漆黑的夜空也不再是可疑的平面，而是重新延展成了無限的宇宙。

這是一種很難重現的體驗。他隱約覺得，自己差點就要去某些地方了。

當他看到雪地上的假腳印，聽到少年可笑的請求，是這些東西……又把他拉了回來。他回到了蓋拉湖精神病院，剛整理完一堆資料，咖啡快喝完了，樓層工具間被人鎖上了，他要怎麼把萊爾德的作案拖把放回去……這些，就是所謂的「回到此時此刻」。

他又可以被細小的煩惱占據了。

現在也是這樣。

列維像個鬼魂一樣，潛藏在黑暗中，跟隨著前方的兩團光亮。

上方是漆黑的實體天幕，背後是被天幕橫切擋住的「卡拉澤家」，腳下是無限延伸的山坡小徑……常識告訴他，此時他身邊的一切都是異常的，他已經見過太多詭異的東西，它們比從前他調查過的任何神祕事件都令人震驚……可是，列維並沒有多大的情緒波動，他所見的一切都只是「布景」、「平面」、「眼底的圖案」……它們根本不值得人費心。

熟悉的虛無感包裹著他，甚至連他的思考都要停止了。

他跟著看見的光亮走，聽著能聽見的語言，但他沒有任何感覺。不恐懼，不期待，不好奇，也不在乎。

就在這時，萊爾德說了那句智慧型手機和應用程式的玩笑。

列維跟著偷笑。忽然之間，他回到了「此時」。十幾年前，他也是這樣被「帶回來」的。

他想起了萊爾德的古怪手機，沒看過的終端機，神出鬼沒的艾希莉，突然失蹤的瑟西，白霧中的辛朋鎮，一九八五年與二〇一五年，丹尼爾，伊蓮娜……不，還不只這些，他的「此時」應該還不只這些。

還有更多東西被籠罩在混沌之中，就隔絕在他自己大腦的某處。它們很重要，甚至比眼前這些異常景觀都重要……

列維想起丹尼爾被囚禁在地下室的模樣，完全動彈不得，與外界隔絕……他認為，自己的記憶說不定也是這樣，也被某種強大的力量隔絕了起來。

他移除了困住丹尼爾的東西，就像撕扯掉雜草一樣簡單，照此看來，移除掉自己腦海中的束縛應該也不難。之前他做不到，是因為他根本沒有察覺到有束縛存在……種種念頭在劇烈震盪著。列維一手捏住眉心，輕聲呻吟了一下。

丹尼爾停下腳步。

他聽到黑暗中傳來一種模模糊糊的聲音，像是重物從石頭上擦過，也像是野獸壓抑的喉音。

他捧著蠟燭，四下環顧。輕顫的燭火最遠只能照到他和萊爾德腳下。他什麼也沒看到。

SEEK NO EVIL

CHAPTER THIRTY ONE

【監視者】

丹尼爾在四下環顧，萊爾德卻沒有反應。他沒聽見什麼聲音，大概是因為他的精神有點萎靡。

「你在找什麼？」萊爾德問。

丹尼爾搖搖頭，「沒什麼……我們快走吧。」

「所以我們到底要去哪？這又是什麼地方？」

丹尼爾說：「這是我開的路。能維持的時間不長。」他指了指上方，「不知道你能不能感覺到，黑色天幕越來越低了，如果它徹底降下來，包圍住我們，我們就會回到那個虛假的辛朋鎮……我們就又會被她抓住。」

聽他這麼說，藏在黑暗中的列維也抬頭看了看。

不久前，他站在小山高處，用手摸到過這片黑色的「天花板」。現在他已經向下走了很久，他再次舉起手臂，雙臂伸直，微微踮起腳尖，他又摸到了「天花板」。它確實越來越低了。

萊爾德問丹尼爾：「你一直提到『她』。你說的人到底是誰？你姐姐伊蓮娜？」

丹尼爾苦笑道：「不是伊蓮娜，是另一個人。如果是伊蓮娜在對付我們，我們早就完蛋了，正因為她不在，我才有機會找到你們，才有機會讓它……讓列維把我救出來。」

萊爾德注意到，丹尼爾的用詞仍然是「它」。萊爾德說：「你沒必要那麼怕列維，你看到的那個東西……那不可能是他……」

萊爾德的語氣有些猶豫，因為他也不確定自己的想法對不對。他看過丹尼爾的記憶，自然也看過當年嬰兒床裡的生物。

「現在我也沒那麼怕它了，」丹尼爾說，「我早就被消磨得沒什麼激情了，連強烈的恐懼都不會有了。」

萊爾德問：「你早就知道列維有辦法救你？」

丹尼爾說：「察覺列維到來之後，我當然只能寄望於他。畢竟他是伊蓮娜的……」

他頓了頓，最終也沒有說出「孩子」這個詞，「唉，我本來是希望伊蓮娜能救我的，但她似乎越來越衰弱了，大概正自顧不暇吧。」

「你希望伊蓮娜救你？難道不是她把你弄成那樣的？」

「不，不是她做的，」丹尼爾說，「伊蓮娜對很我失望，但我們並沒有因此為敵。」

「因為她非常愛你嗎？」

丹尼爾被這個說法逗笑了一下，接著說：「因為她能瞭解我的想法。她憐憫我。我用逆向算式陣關閉『盲點』，這不只是背叛了姐姐，更是背叛了上級導師……但我並不是因為什麼偉大遠見才這樣做的，一切都只是源於我的本能，那種出自本能的恐懼……你能明白嗎？」

萊爾德點點頭。他算是有點明白……大概這就像人們普遍在抵抗死亡一樣，花很多手段，實驗各種方法，消耗精力、消耗金錢，拿出各種什麼勇氣啊信念啊……看上去是挺偉大的，可是說真的，誰又搞得清自己害怕的那個東西到底是怎麼回事呢……

丹尼爾說：「總之，我不是要與她敵對，我只是無法瞭解她……我沒有達到她那樣的眼界。她也很清楚這一點。所以，她並不是因為姐弟之情而饒恕我，而是因為她根本不在乎我做了什麼。在她看來，我和辛朋鎮的普通人沒什麼區別。你見過辛朋鎮的普通人了吧？」

萊爾德回憶起他見過的居民：路上擦肩而過的人、商店店員、瑟西、治安官、喬尼……他們和丹尼爾不太一樣，他們仍然在過著正常的生活，沒有見過什麼殘暴的鋼絲和黑色的天幕。

「你是不是在想，為什麼我不像別人那樣無知無覺？」丹尼爾說，「辛朋鎮上的大多數人都進入了高層視野，但他們肯定應付不來這種變化，包括我也一樣。所以，伊蓮娜打算對他們負起一定的責任，收容他們，照顧他們，掌控他們的記憶，讓他們以為自己還在過原本的生活……

「從前，她也是這樣對我的。在相當長的一段時間裡，我仍然住在原來的家裡，使用著熟悉的研究室，我仍然認為伊蓮娜離開了，暫時還沒回來……同時，我又可以利用自己的知識來幫助伊蓮娜，她需要的時候就會來找我，我還以為自己的生活沒有任何變化呢。」

丹尼爾停頓片刻，深深嘆了口氣。萊爾德發現他的肩膀瑟縮了一下，大概是想起了什麼恐怖的東西。

「直到有一天……」丹尼爾說，「有個新的居民來了……」

「新居民？」

「就是像你們這樣的人，新居民，」丹尼爾說，「那時的我和你們一樣，分不出新舊居民的區別，我還以為那個人沒什麼特別之處，只是個很少見面的鄰居。後來漸漸地，我意識到大事不妙……伊蓮娜太輕視她了。我意識到問題的時候，她已經凌駕於伊蓮娜之上……」

「你等等，」萊爾德說，「越說越亂，我有點聽不懂了。這個『她』是誰，是你一直在提起的那個『她』嗎？」

「對，是的，就是她，」丹尼爾指了指上面，「現在我們要躲避的就是她，把我弄成那副樣子的也是她。她知道我可能會幫助伊蓮娜。」

萊爾德苦著臉，提出一個令人不想面對的問題，「呃……她該不會是個七歲的小女孩吧？」

丹尼爾嗤笑了一下，「不是米莎。我知道米莎是誰，你在想什麼呢……也不是瑟西，也不是艾希莉。我知道她們都是誰。那個女人不是近期來的，而是在很久以前……這地方沒辦法計時，但我知道那是很久以前。」

「所以她到底是誰？」萊爾德問。

丹尼爾放慢腳步，回過頭，一手托著蠟燭，一手單指豎在唇邊，「不能在這裡叫她的名字。我們還沒有完全逃開她的感知。如果我叫了她的名字，她會立刻看到我們，我們就前功盡棄了。」

萊爾德點了點頭，又想說什麼，他的嘴剛動了動，丹尼爾立刻補充說：「如果你認識很多奇奇怪怪的女人，覺得有可能是她們的其中之一，現在也不要提她的名字……萬一你不小心說對了怎麼辦？這樣吧，伊蓮娜、瑟西、米莎、艾希莉……再加個奧德曼好了，我們聊過的女人就這些了，除了這些人，不要再提名別人，可以吧？」

來。

本來萊爾德已經放鬆了很多，聽著丹尼爾說完這些，他渾身的毛孔又都緊縮了起

他答應了丹尼爾，不再猜測「她」的身分。但其實……他心裡已經浮現出一個最有可能的人。

列維注視著萊爾德的背影。萊爾德的手在發抖，帶得手裡的蠟燭也微微顫動。列維意識到，萊爾德肯定也聯想到了「她」的身分。恐怕，世上只有一個女人會令他的情緒如此波動。

列維心裡也有了答案——柔伊。有人對他提過這個名字。他的記憶還有些混亂，所以他暫時想不起來是誰在什麼情況下提起的。

萊爾德皺眉沉思時，忽然感覺到一股輕而溫熱的氣流。

那不是風。更像是有人緊貼在他身後，鼻息掃過他的後頸。他回頭看了一眼，後面一片漆黑，什麼都沒有。他想把身體整個轉過來，用燭光照向後面，但他的手被困在光暈範圍裡，根本無法自己移動。

其實，如果他能看透黑暗，就能夠看到緊跟在他身後的列維。當他回過頭的時候，列維和他的臉之間幾乎只有一拳之隔。

燭光能照亮的範圍極小，而且有著明確的邊界，超出邊界的地方不是逐漸變暗，而是像被切割一樣陷入無法觀察的黑色之中。萊爾德和丹尼爾都要藉著燭光看清腳下的道路，除了道路之外，他們無法看到前後左右的更多東西。

萊爾德忽然覺得這種感覺很熟悉。他在別的地方，也曾經見過這類不正常的光影。

他仔細回想著，先是想起一扇木門，推門進入之後，裡面也是一片漆黑……當時他好像和列維走在一起，他們有照明工具，但光源受限，只能照亮腳下的一點點範圍，他腳下是浴室地磚，和門外面的地磚一模一樣，像是一種延伸，他回頭看去，黑暗中豎立著一扇陌生的木門，門的另一邊亮著燈，有磨砂玻璃……是浴室，是凱茨家二樓的浴室……

「不行。」丹尼爾忽然回過頭。

他手裡的蠟燭有明亮的火苗，燭光刺得萊爾德眼睛一痛。萊爾德的思緒被打斷，還未回過神，丹尼爾幾步湊上前來，用右手的拇指抵在萊爾德胸口，小指以外的其餘三指連續劃出不同的形狀。

「別想起來，」丹尼爾擔憂地看著他，「現在你還不能想起來那些，你會受不了的……我們還需要你呢。來，我幫你緩解一下。」

丹尼爾的手指很靈活，動作很快，萊爾德分辨不出他畫了什麼圖形。那就像是一種催眠，萊爾德很快就忘掉了「凱茨家二樓的浴室」，重新專注於此時腳下的路。

「萊爾德？」列維貼在萊爾德耳邊，用氣音輕輕叫他。萊爾德似乎察覺到了什麼，左右看看，一樣什麼都沒看到。

列維靜靜地跟著他們走了這麼久，已經有些不耐煩了，他決定不再潛藏，直接大聲說：「丹尼爾，你們到底在搞什麼？」

丹尼爾渾身一顫。但他沒有回頭。他直接抬頭，盯著眼前。

恍惚間，列維忽然也意識到，自己好像不在他們後面，而是在他們前方，在丹尼爾面前幾步遠的地方。他面對著丹尼爾，丹尼爾背後站著萊爾德。

明明他記得自己走在萊爾德身後……好像也不對，應該是他們側面的樹叢裡，又好像是斜後方……好像說是在任何方向都對，他在每個方向都觀察過他們。

大聲說話之後，列維因為自己的視角位置問題陷入了迷茫。他站在那，盯著手捧蠟燭的兩人，半天沒繼續說第二句話。

丹尼爾顯然也看見了列維。他的眼神只慌亂了一瞬，然後他極力壓制住了情緒。

他深呼吸著，移開目光，既不看前方，也不偏向兩側，而是微微低頭，看著自己的腳下。

萊爾德的反應倒是很正常。突然看見列維，他有點驚訝，也有點困惑：「列維？之前你上哪去了？」

「到現在才想起來要問？」列維氣呼呼地雙手環胸，「我一路跟著你們，走了這麼久，你好像根本沒發現我不見了？」

萊爾德辯解道：「你肯定沒有一直跟著我們。我早就發現你不見了，也早就聊過這個話題，你連偷聽都沒聽見全部！」

好吧。實際上列維確實沒有從頭到尾跟著他們。他沿著小徑一直向下走，直到看見光亮，才看到萊爾德和丹尼爾。

但這讓列維更加有理由譴責他了，「所以，你們根本不管我到底在哪，就直接離開了？」

萊爾德氣得哭笑不得，「什麼？沒有！我們就是在找你啊！我說你這個人有毛病吧？既然你先找到我們了，幹嘛在旁邊躲貓貓不出來？」

丹尼爾站在這兩人之間，表情有些複雜。他嘆了口氣，說：「列維……我們確實是在找你，或者說……是在等你。那座監牢消失之後，我們的視野都受到了衝擊，我們暫時觀察不到你。我們不是不尋找你，而是我們不能一直停在同一個位置，這是我臨時做出來的路，我們必須保持移動，否則……」

列維替他說完，「否則黑色天幕越來越低，一旦罩住你們，你們就會回到辛朋鎮，會被某個人抓住，對吧？」

丹尼爾點點頭。萊爾德感嘆，「連這你都聽見了……你跟蹤我們多久了？」

「我只是暗中觀察，不是跟蹤。」列維說著，指了指上面，「不過你們說得對，黑色的天花板確實越來越低，之前我有摸到它。」

萊爾德似乎無法理解他的話。丹尼爾解釋說：「列維，因為你是你……你和我們不太一樣。你摸到它也沒事，但如果我們碰到它，後果就會不太好。」

列維點點頭，對「你和我們不太一樣」的說法毫無質疑。他繞到萊爾德身邊去，把走在前面的位置讓給丹尼爾，但丹尼爾停在原地，並沒有繼續下臺階。

「我們不是得保持移動嗎？」萊爾德問，「怎麼不走了？」

丹尼爾慢慢回過身，一隻手護著手裡的燭光。蠟燭上的火苗流溢出絲絲光芒，一直在延伸到萊爾德手裡的蠟燭上，現在，這過程變得更加劇烈，萊爾德手裡的光芒越來越亮，丹尼爾的蠟燭則越來越暗。

「啪」的一聲，萊爾德的蠟燭上出現了明火，丹尼爾的蠟燭則只剩下一些微小火星。幾秒之內，萊爾德手裡的蠟燭變得像燈一樣亮。

在充足的光線下，萊爾德和列維都清楚地看到，他們三人的腳踩在平坦的地面上，綿延向下的階梯終於到盡頭了。

丹尼爾慢慢回過頭，抬起臉。他的表情並沒有放鬆下來，甚至比之前更加緊張。萊爾德的手忽然能動了。他指了指下方的平地，「你們看那邊……我們是不是到目的地了？這個變化是好事嗎……」

「你先閉嘴！」丹尼爾突然又變得很暴躁，把萊爾德嚇了一跳，「對！簡單來說，我們確實終於把這條路走完了。」

他瞟了一眼列維，目光透著一股不情願，又似乎含著隱隱的期許，「只有藉助你的力量，我做的這條路才能延續到盡頭。謝天謝地，你出現了。因為我只能與她迂迴，無法真正去對抗她，但是你可以……」

「這不是好事嗎？那你生什麼氣？」萊爾德問。

丹尼爾崩潰般大叫：「閉嘴！聽我說完！」

萊爾德和列維對視了一下，列維面帶憐憫地聳聳肩。

「我……我已經被她發現了，但你們還沒有。」丹尼爾說話咬牙切齒，面孔變得有些扭曲，「接下來要靠你們自己了。去找你們想找的人吧，在這過程中，你們一定也會找到伊蓮娜，她會引導你們的。」

他話音剛落，黑暗的空間裡颳起一陣強風，山丘上的泥土簌簌揚起，像有生命的蜂群一樣向三人呼嘯而來。

萊爾德下意識地護著手裡的燭火。這是他們唯一的光源，此時只有他的蠟燭亮著，丹尼爾手裡的蠟燭已經完全熄滅。

列維背對山丘，用身體擋住裹挾碎石的強風。泥土和小石塊打在背上，讓他想起夏季暴雨裡的小粒冰雹，被砸中確實有點痛，但並不嚴重，不會造成什麼嚴重傷勢。

他無法完全擋在萊爾德和燭火面前，但他驚訝地發現，萊爾德根本不需要他的保護。萊爾德手裡的燭光已經擴散到足夠籠罩他的全身，在光芒的範圍內，萊爾德完全不受強風和石塊影響，連衣服都沒有被吹動。

這並沒有讓萊爾德感到安心。當他望向丹尼爾的時候，他下意識驚叫了一聲。

丹尼爾捧著已經熄滅的蠟燭，正面迎向狂風，破舊的衣服向後揚起，就像要被吹離身體一樣。當小石頭和泥點打在他身上的時候，沒有留下瘀傷，也沒有黏在皮膚或衣襟上……它們直接穿過了他的身體，繼續向後飛去。

「穿過」的意思是——丹尼爾不是虛像，不是影子，土石是真的穿透了他的肉體，擊出了一個個大小不一的孔洞。

萊爾德湊近丹尼爾身邊，想用燭火罩住他。出於直覺，萊爾德認為自己和列維沒有受傷，一定是因為他們距燭火較近。

當他靠近的時候，丹尼爾竟然主動後退著遠離。萊爾德又靠近幾步，想追過去，丹尼爾則踉蹌著繼續退開。列維覺得情況不太對勁，就伸手拉住了萊爾德，不讓他再去追。

丹尼爾身上已經千瘡百孔。每一顆石塊或泥點都像子彈般鑽入他的皮膚，然後毫不減速，沿著運動軌跡，徑直穿過他的身體，再從另一側飛出。

它們不僅造出了無數孔洞，還在飛離身體的時候頂出血肉。血肉是細長的條狀，大致與進入身體的石塊同寬，根據人體位置薄厚不同，條狀物的長短不一。

離開人體後，它們跟著飛沙走石繼續狂舞，風中的血肉越來越多，丹尼爾身上的孔洞也越來越密，直到小洞連成一片，肢體殘缺不全，狂風中的條狀物被帶上高空，逐漸消失在黑色的天幕中。

一切只發生在幾秒之內。丹尼爾身上已經看不出任何人類特徵。在頭部和脖子徹底分離前，丹尼爾發出一聲尖銳的嘶吼，接著，是連續不斷的狂笑聲。笑聲一直持續，迴盪在咆嘯的狂風之中，直到丹尼爾的頭頸部失去完整形狀，骨肉全都崩塌落下，被風吹散。

在這之前，丹尼爾還剩下一隻眼睛的時候，萊爾德注意到，那隻眼睛一直盯在自己身上。

丹尼爾的笑聲中充滿扭曲的喜悅，令人無法理解，但他的眼神很清澈，並沒有一絲癲狂，他似乎很清醒，甚至可以說是十分專注。

萊爾德不明白這是為什麼。他被震撼得全身僵硬，一時來不及思考太多。

「你還好嗎？」列維問。

萊爾德恍惚了一下，反問道：「為什麼問我？」

「他對你做了什麼？」

這問題讓萊爾德一時沒反應過來，但是很快他便意識到，顯然列維是被丹尼爾消失前的種種舉動震驚到了。

在詭異的狂風襲來之前，丹尼爾說自己「已經被她發現了」，但來不及說明這會導致什麼情況，是他會被某種力量殘忍地殺死？還是他會被帶回某個空間裡，繼續被獨自囚禁？

他還說，因為列維出現了，所以這條路終於走到了盡頭……既然如此，當他受到攻擊時，又為什麼不求救、不逃命？

他完全沒有積極拯救自己，甚至連試一下都沒有。他甚至沒有因痛苦而哀號，反而還發出興奮的狂笑。

他就像是專門出來為人引路、解惑的，簡直算得上是為此而不計生死。但列維總覺得沒這麼簡單。

「你現在想暈倒嗎？」列維觀察著萊爾德。

萊爾德搖了搖頭。列維又問：「你胸口痛嗎？想癲癇發作嗎？」

萊爾德一臉糾結，「這是我想就能控制的事嗎？我不想，身上也不痛。」

列維看著他，就像在看一道十分難解的題目，而且還一邊看一邊嘖嘖搖頭，「依照我從前的經驗，在經歷這些事情之後，通常你應該要嘛昏倒，要嘛抓著胸口倒下打滾。你竟然沒有，而且還挺平靜的。」

萊爾德抹了一把臉，「我一點也不平靜好嗎？剛才有一個人類在我們面前碎成那樣了！就像被隱形食人魚吃掉了一樣！」

列維並不激動，「畫面確實有些恐怖。不過你也見過很多恐怖的東西了，不需要這麼驚嘆。」

萊爾德一時失去言語，歪著頭，雙手環胸，用看外星生物的眼神看著列維。

「列維・卡拉澤，你到底想說什麼啊？」萊爾德探究地盯著他，「你到底是認為我太平靜了，還是不夠平靜？我現在腦子不怎麼好用，請你有話直說，我真的不知道你想表達什麼。」

列維說：「我說你太平靜，指的是你的生理反應，不是你的恐懼或者同情。簡單來說，我認為丹尼爾對你做了某些事，畢竟你身上有個卡帕拉法陣。你也聽他解釋了，別人可以在你身上操作這個法陣，對你做某些事。問題是，我不知道他到底做了什麼，也不知道具體有哪些效果。」

這不僅是推測，也有一部分是列維親眼所見。在他偷偷跟著他們的時候，曾看見丹尼爾用右手的拇指抵在萊爾德胸口，其餘三指畫著什麼圖案。

丹尼爾邊做這些邊說：「別想起來，現在你還不能想起來那些，你會受不了的……」這讓列維回憶起不久前，他和萊爾德在客廳裡，他提出了關於辛朋鎮年份的種種質疑。那時萊爾德的表情變得很奇怪，他似乎想起了什麼，但話還沒說完，他就在痛苦中昏了過去。

丹尼爾所說的「還不能想起來」的，會是什麼事情？如果萊爾德想起來了，又會發生什麼？

而且他不能確定丹尼爾的目的。不知道這種隱瞞是出於陰謀，還是出於保護。

聽了列維說的話，萊爾德仔細想了想，最終搖著頭說：「我認為丹尼爾是想保護我……你也看到了，他手裡的燭光全都飄到了我們這邊，於是我們沒有受到任何傷害……」

從萊爾德的語氣判斷，他也不能完全確定自己的想法是對的。

聽他提到蠟燭，列維忽然意識到一件事，「你的蠟燭……」

「怎麼？」萊爾德低頭看自己的手。

光芒不見了，蠟燭也消失了。它應該是早就消失了，但萊爾德沒有察覺。

就在此時，有那麼一個短暫的瞬間，萊爾德隱約感到胸口一陣溫熱，就像是手裡的光芒鑽進了身體，融在了他的心臟裡。但當他仔細去感受時，他又感覺不到任何異常，胸前的熱度應該只是錯覺，只是蠟燭留下的餘溫。

狂風已經止息，周圍環境寂靜無聲。萊爾德抬起頭，高處的黑色平面不見了，取而代之的是無實體、無光亮、無邊無際的虛無，看上去就像真正的無星之夜。

他和列維說話的時候，兩人站在「卡拉澤家」的山坡下。他們終於走完了長到不可思議的小路。

萊爾德問：「剛才丹尼爾好像還說，我們接下來要靠自己，繼續去什麼地方？」

列維說：「聽他的意思，我們似乎距離目標不遠了。」

他們一齊望向小徑盡頭。那裡有一道小小的鏤空雕花鐵門，門只有半人高，並沒有上鎖，只是一種園藝裝飾。真正的卡拉澤家山丘下，小徑盡頭也有這個東西。小門外面應該是人行道，以及住宅區的馬路。但眼前這扇門緊靠著的卻不是馬路，遠處也沒有任何其他房屋。

他們眼前的人行道下方，是一條洶湧的河流。

河水流速極快，帶著隱隱的轟鳴，水波泛著暗紅色，散發出強烈的鏽腥氣息，任何人站在這裡，都會看出它是血液匯成的激流。河岸向左右延伸，長不見盡頭。從這裡看不見河對面，但可以看到河道中心——那裡有一座與水面同高的小島。

島上僅有一棟房子，島的面積只比房子外牆寬個幾步。那棟房子看上去不太完整，像是從一列排屋上單獨切下了其中一棟。它的大門對著這邊，遮雨棚上亮著燈，每扇窗戶都拉緊了窗簾，淺色窗簾內透出暖色的燈光。正是因為有這些遠遠的光源，站在河邊的列維和萊爾德才能看清周圍。

「剛才那邊還什麼都沒有呢……」萊爾德稍稍靠近「堤岸」，一隻手指壓在鼻子下方。河流裡的液體翻湧著，不斷帶起濃郁的腥氣。

列維看了看房子，問：「我怎麼覺得它很眼熟？」

萊爾德也看了看，「似乎是有點……特別是正門的樣子。它看起來怪怪的，像是有條街上的排屋被拆了，只剩下它還沒拆完……」

說著說著，萊爾德聲音漸弱。他又靠近了河岸一點，瞇著眼觀察島上的房子。

「我想起來了！」萊爾德驚呼，「是艾希莉和瑟西住的地方！」

列維也點了點頭。經萊爾德一說，還真是這樣，不久前他們還走進過這棟房子呢。現在馬路變成了河水，河中間竟然是瑟西的家……這顯然不是辛朋鎮原本的結構。

萊爾德回頭看了一眼，身後是卡拉澤家房子所在的小山丘，山丘頂端仍然被黑暗掩蓋著。他回憶了一下之前發生的事，他與列維闖入了地下室，在那裡發現了丹尼爾，然後一轉眼，他們就站在黑漆漆的山丘小徑上……

列維問他：「你在看什麼呢？表情那麼緊張。」

「緊張很奇怪嗎？換成任何人現在都會緊張好嗎！」萊爾德說，「我是在想，難道我們其實並沒有離開你家……我們會不會還在你家地下室裡？」

列維說：「我不這麼想。我認為，從在濃霧中回家開始，我們就已經離開之前的那個『辛朋鎮』了。」

萊爾德咀嚼了一下這個說法，表情更加糾結，「聽起來像是好事？但我更緊張了。」

列維說：「丹尼爾說過很多奇怪的話。他說瑟西掉進了縫隙裡，還說剛才那條路是他做出來的……一開始我不明白，現在想一想，大概辛朋鎮就像個話劇舞臺吧。卡拉澤家不等於我真正的家，我們遇到的那些人也根本不知道自己真正身在何處。」

「那我們現在算是在哪，後臺嗎？」萊爾德問。

列維慢慢搖頭，「也許只是舞臺的邊緣？如果你在後臺，就能看到所有沒上場的表演者了，但現在還不行……」

不只如此。他隱隱覺得，即使到達了「後臺」，他也遠遠不能看清這一切的全貌。

想看清一切，他們必須徹底離開這棟「建築物」。要站在別的地方，才能盡覽「劇院」的全貌。

萊爾德說：「丹尼爾拚上性命也要讓我們到達這裡，也許我們應該想辦法過河去看看。」

「我同意應該過去，」列維瞟了萊爾德一眼，「但是，我想糾正一下『拚上性命』這個說法。我認為丹尼爾沒有死。」

「沒死？怎麼可能！他都碎了！」

這個說法讓列維想笑，他動用強大的自制力才忍住了，保持著嚴肅的表情，「你還記得他在地下室裡的樣子嗎？他被各種鍊條、繩子穿過身體，身上到處都是貫穿的傷口，連脖子上都穿著鎖鍊……人在那種情況下，能活多久？能說話嗎？能暴躁地叫你閉嘴嗎？」

萊爾德點點頭，「也對……不能用常理看待這些。但願真如你所說吧……」

「你很希望他別死嗎？」列維問，「如果他死了，你是會愧疚還是怎樣？」

萊爾德愣了一下，「呃，這很奇怪嗎？不管是什麼原因，正常人都會希望他別死吧……」

列維說：「我希望他死掉。最好這次確確實實地死掉。」

「為什麼？」

「痛苦會結束。」

萊爾德明白了列維的意思，但他並不太認同，「結束痛苦，不一定要用那種方式，」他輕輕說，「萬一我們有機會救他呢。」

列維拍了拍他的肩：「如果他沒死，到時候會有機會討論這些的。我們還是先過河吧。」

島上小屋被孤立在血水匯成的激流中，距離岸邊起碼有十幾米，河邊沒有任何橋梁或船隻。

萊爾德問：「怎麼過去？」

他轉頭看列維時，發現列維脫掉了鞋子提在手裡，赤腳站在河邊。察覺到萊爾德的表情後，列維主動解釋道：「穿著鞋容易滑倒。」

「你瘋了嗎！」萊爾德叫道，「你想直接走過去？」

列維淡定地點點頭，「也不一定是走過去，萬一中間水深，可能得遊過去。你幹嘛這樣看著我？水看起來確實有點噁心，但現在不是顧及這點小事的時候……」

「我說的不是衛生問題！」萊爾德指著河水，「河面這麼寬，水流得也非常急，你聽這聲音，簡直像山洪一樣！人在這種水流中不可能站穩，更不可能游泳！」

「那還能怎麼辦？」列維說著，毫不猶豫地一隻腳邁出人行道之外，踏進了水中。

萊爾德想阻攔，他剛靠過去，列維另一隻腳也踏進了水裡，還立刻向前走了幾步。現在他距離人行道還不遠，水剛沒過他半條小腿。這些液體顏色太深，從旁邊根本判斷不出深度。

列維又向前走了幾步。河底高低不平，深的地方河水高至膝蓋，最淺的地方只到腳踝。列維順利地走了很長一段，回頭看著萊爾德。即使水淺，萊爾德仍然覺得不可思議，列維竟然能在流速這麼快的水裡站穩。

列維又折返回來了。他站在路邊，不由分說拉住萊爾德的前襟，把他拽向自己。

「等等！我們先商量一下具體對策……」萊爾德抵抗地抓著列維的手臂。

「你一害怕就廢話很多，」列維說，「沒什麼對策，對策就是我們走過去。」

萊爾德也「撲通」一聲站進了河水裡。水流衝擊著他的雙腳，他根本找不到能抬腳邁步的機會，如果不是被列維抓著衣襟，同時自己的雙手扣著列維的手臂，他隨時都有可能跌倒。這種情況下，會跌倒才正常……人在奔湧的激流中本來就難以維持平衡，有很多在洪水中遭遇不幸的人，都是被不足腰深的淺水吞沒的。

萊爾德被列維拉著衣襟，慢慢蹚著水。在水淺的地方他還能勉強站穩，在水深的地方，他好幾次都腳下打滑，整個人跌進水裡，如果不是列維抓著他，他肯定會被激流沖走。河水像是鏽水，也像是鮮血，人在這樣的液體中掙扎，狼狽程度可想而知。

列維又一次把萊爾德從水裡提起來。萊爾德咳嗽了一陣，喘著氣說：「知道嗎？現在你看起來非常可怕，眼神相當猙獰，像個滿臉都是血的連續殺人魔……」

列維抹了一下臉，「看你廢話這麼多，就知道你特別害怕。」

「我是說真的，當然啦，我的樣子肯定也很……」

列維打斷他的話，「你怎麼老是站不穩？這樣走太慢了。」

「這是正常的好嗎！我還想問你有什麼站穩的祕訣呢！」

列維打量著萊爾德，忽然手臂一用力，把他拉近到面前。

「你忍耐一下。」

說著，在萊爾德還沒明白過來意思的情況下，列維一把將他提起來，扛在了肩膀上。列維調整了一下姿勢，繼續向前走。雖然萊爾德還挺重的，但這樣比拖拖拉拉地走路好多了，列維的腳步反而比之前還要穩定、輕快。

萊爾德的腦袋垂在列維背後，很配合地沒有亂動。他看著下方奔湧翻騰的河水，漸漸地有點全身僵硬。列維感受到了這種僵硬，問：「怎麼，你害怕肢體接觸怕到這種程度？我們又沒摟在一起！」

「也不是……」萊爾德困惑地盯著河水。

激流如同破碎的鏡子，已經無法完整倒映出水面上的物體，但在某個瞬間，眼前恰好劃過某滴蕩起的水珠時，水珠上的映射還是投進了萊爾德的眼睛裡。

那是太過短暫的一瞬。眼睛也許捕捉到了什麼畫面，大腦卻來不及去理解。大腦來不及理解，甚至來不及判斷——水珠中的細小映射裡，與萊爾德糾纏在一起的是什麼人，或者說，什麼事物。

「我們快到了。」這時，列維說。

孤島越來越近。雖然河水高至大腿，非常阻礙步伐，列維還是加快了腳步。就在距離河岸還有幾步遠的時候，列維「咦」了一聲。緊接著，他帶著萊爾德一起跌進了水裡。

他一腳踩空，根本來不及後退。因為水下的地面出現了一道斷崖。撲向水面的瞬間，列維已經意識到大事不妙。他抓緊萊爾德，怕他被沖走，同時試圖抓住身後較高的河床。但他什麼也沒抓住，身後好像並不存在河床，也不存在斷崖，水面以下是一片空曠。

甚至水也不再是暗紅色，而是透徹的清水，足夠讓人睜眼觀察周圍。

列維看向萊爾德，萊爾德起初驚慌地閉著眼、憋著氣，漸漸地，他也意識到了什麼，慢慢睜開眼，放開了捂住口鼻的手。

兩人在水下面面相覷，都不知道發生了什麼。他們沒有窒息。

或者更準確地說，他們似乎根本沒有呼吸。兩人都沒有故意憋氣，他們周圍卻連一顆氣泡都沒有。

列維試圖向上游。他移動得很慢，眼看著已經很靠近水面了，就是沒辦法浮上去。通常來說，冰冷的水會讓人無力，但此時包圍著他們的水十分溫暖，他的肌肉卻仍然非常怠惰。

萊爾德也一樣，他拚命踢水，可高度就是沒什麼變化。他的肺部沒有任何不適，精神卻在慢慢變得萎靡，意識也在一點點模糊……他低下頭，看到列維抓著他的手漸漸鬆開了，於是他伸手過去拉住列維。列維感受到了，振了振精神，稍微用力地回握了他的手一下。

他們踩水的力度在變弱，開始慢慢下沉。這感覺不像溺水，更像是睡眠，像是躺在舒適的被窩裡，放任自己沉入夢鄉。

萊爾德不知道自己沉得有多深。他用盡全力，強打精神，瞇著眼睛，向水面伸出手。

從水面上射出一道光芒。萊爾德不知道那是什麼，他只是憑著本能，奮力想接近它。

一隻手出現在光芒中，向著萊爾德靠近。

萊爾德默默自問：是我見過的那隻手嗎？不……不是她，她看起來更蒼白，更瘦弱，而這隻手很細膩，線條是如此柔軟美麗。

那隻手沒有握住萊爾德的手，而是消散在他與列維身旁。接著，他聽到轟鳴的水聲，看到刺眼的白光，胸前爆發出一陣帶著震顫的劇痛。

伴隨著劇痛，無數畫面飛過眼前。

烏鴉與方尖碑，瑟西與米莎，羅伊與艾希莉，灰色獵人，追蹤儀器，浴室裡的門，窗簾後的門，松鼠鎮和蓋拉湖精神病院，實習生和列維·卡拉澤……

「我想起來了……」萊爾德自言自語著。

他以為自己在說話，可聲音一發出來，就被呼嘯的畫面完全吞噬了。每幅畫面都對應著當時的天氣與環境，每段經歷都在發出聲音，記憶裡的每個人都在說著他曾聽過的話……曾被他遺忘的東西湧上來了，在他的腦海裡一齊播放起來，聲響震耳欲聾。

河水沒有令人窒息，不停閃爍的記憶卻讓萊爾德有種窒息感，身體彷彿被來自四面八方的龐大物體擠壓，肺部無法舒張，意識也很難維持專注。

萊爾德試著集中精神，想抓住某一個片段。如果能集中精力在一件事物上，他就可以把自己從混沌的痛苦中暫時隔絕出來。這是個很常見的技巧，無論是小孩子看牙醫的時候，還是特務被敵人拷問的時候，都經常用得上這樣的技巧。

一片白茫茫的大地從眼前掠過，那是蓋拉湖精神病院的某個新年前。

萊爾德記得那一天。實習生曾經說過要送萊爾德聖誕禮物和新年禮物，但最後他什麼都沒有送……跨年夜前後那幾天，實習生並不在醫院裡。

當年的萊爾德年紀雖小，卻沒有因此太過生氣。他告訴自己，實習生肯定有自己的家，在這麼重要的日子裡，肯定是他的家人更重要。而且平時實習生經常送他東西，從小文具到音樂播放機都有，這已經很好了。

更何況……萊爾德並沒有東西可以回禮給別人。他想做個小手工，但「大人」不會喜歡小孩子的玩意；他想堆個漂亮的雪人，但明天早上就會有人把它鏟平。

當年的萊爾德不生氣，現在的萊爾德想起來這些，卻有點小小的不愉快。

他想著，別看列維．卡拉澤總是叫他「小騙子」，列維自己也好不到哪裡去。當年他承諾了禮物，最終什麼都沒有，他還說過離開醫院後要回來探病，最終他也沒來。

萊爾德在這些零碎的事情中沉溺了好久。忽然之間，實習生和列維的形象開始粉碎，腦海深處浮現出另一個熟悉的影像——那是一種生物。他無法形容它的特徵，只知道一定是生物。

他還沒有看清楚它的全貌，反胃和排斥的感覺就浮現出來。

萊爾德大叫了一聲。他能感覺到自己的聲帶在震動，嘴唇也張開了，但他聽不見自己的聲音。

他拚命驅散那個影像，甚至開始回憶走入崗哨深處看見的畫面。他回憶起手中的書本，崗哨的由來，一個個拓荒者殘留的探索所得……他拚命閱讀它們，用自己無法理解的東西填滿大腦，以便驅離剛才一不小心看見的東西。

這不太管用，恐懼仍然在噬咬他，那個漆黑而龐大的實體仍然緊緊跟隨著他。他意識到，自己找錯了地方，於是他又馬上撲向另一段記憶……

在他抓住的記憶中，響起了一句稚嫩的童聲。它是那麼陌生，完全不像是出自自己之口。

「媽媽？」

他能認出十一二歲的自己。而五歲的自己，就簡直是個素不相識的小孩。

萊爾德凝神屏息，望著站在走廊上的五歲小孩。

小孩赤腳站在木地板上，一手扒著門框，怯生生地探出頭。他面前的房間裡傳出低低的哭聲。

他看到了柔伊。柔伊很瘦，比照片上的樣子更瘦。她戴著一副方框眼鏡，表情有些呆滯，金髮乾枯而凌亂，顯然很久沒有好好打理了。

她深吸一口氣，似乎在努力調整情緒，然後面向五歲的兒子露出笑容。

SEEK NO EVIL

CHAPTER THIRTY TWO

【你忘記的一切】

一九九五年十月十四日，柔伊很晚才回到家。

不是松鼠鎮的那個「家」，而是她母親的房子。她已經離婚好幾年了，現在她帶著兒子萊爾德與自己的母親同住，房子位於馬里蘭州，在一個距離巴爾的摩不遠的小鎮上。

房子裡沒有開燈。通常在這個時間，萊爾德肯定已經睡了。進屋之後，柔伊把提包放在餐桌上，輕手輕腳上了二樓，敲了敲母親的房門。

母親還沒睡，正靠在枕頭上看書，房內亮著一盞小床頭燈。柔伊走進去，坐在母親面前。她張了張嘴，還沒說出話，就像個小女孩一樣捂著臉哭了起來。母親連忙起身抱住她，慢慢撫摸著她的後背。

過了好一段時間柔伊才平靜下來，她說自己工作壓力太大，最近變得有些不對勁。母親想與她深談，可柔伊不願意透露更多。

「媽媽？」

門口響起稚嫩的童聲，柔伊立刻坐直，迅速摘下眼鏡，抹掉臉上的淚水。她走過來，揉了揉小萊爾德的頭髮，「這麼小的小生物也會失眠嗎？」

她拉著萊爾德的手，帶他走向他的房間，出門時，柔伊回頭看了自己的母親一眼，說了聲晚安，就此不再解釋剛才的情緒失控。

回到萊爾德的房間後，小萊爾德鑽回被窩裡，看著媽媽溼潤的面龐，「妳怎麼了？」

「哭鼻子了呀。」柔伊坐在床邊說。

小萊爾德問：「大人也會這樣？」

柔伊說：「會啊，就和你一樣。上次你說《小狗迪迪》讓你很難過，所以哭了出來，我也是，我很難過的時候，也會去找自己的媽媽哭鼻子。」

小萊爾德想了想，說：「上次我哭，是因為看到小狗迪迪的媽媽變成星星了，所以我好難過……那妳是因為什麼哭？」

「我……」柔伊靠在床頭，和孩子並肩坐著。

面對著萊爾德好奇的目光，她緩緩說：「我……我也是因為小狗迪迪。牠的媽媽變成星星了，從此牠就得一個人流浪了。」

「那天妳跟我說，牠的媽媽會一直在天上看著他的。」

柔伊說：「對，牠會一直看著牠，祝福著牠。但是，天空這麼高，星星這麼遠，如果小狗迪迪生病了，被欺負了，天上的星星也沒辦法來保護牠。如果媽媽能一直陪著小狗迪迪，那該多好啊，牠一定很想看著小狗迪迪長大，和牠一起走過很多地方，看著牠變成威風凛凛的大狗……」

說著，柔伊的眼淚又不受控制地湧了上來。她把已被打溼的眼鏡乾脆摘下來，揉了揉眼睛，親了一下孩子的頭頂，「不過，我們也不用太難過！小狗迪迪的故事還長呢，將來牠還會遇到很多動物朋友，牠不會寂寞的。」

小萊爾德點點頭。柔伊讓他躺好，為他蓋好被子。

剛要出門，柔伊忽然想起了什麼，回頭問：「對了，剛才你要找我們幹什麼呀？是想喝水什麼的嗎？」

萊爾德說：「不是。我醒了，聽見外面有車子的聲音，還聽見了開門聲，我覺得是妳回來了。」

柔伊笑了笑，「以後我不會再這麼晚回家了。」

萊爾德問：「剛才妳為什麼要在走廊裡跑來跑去呀？」

這個問題讓柔伊有些疑惑。她沒穿鞋子，躡手躡腳地走上樓來，聲音輕得不能更輕，即使萊爾德醒過來聽見了什麼，也不至於覺得她在「跑」啊……

但柔伊現在心煩意亂，根本沒有精神去多想。她猜，也許是萊爾德做了什麼夢，醒過來時又察覺有動靜，所以就認為是她在外面跑。

她安撫萊爾德，親了親他的額頭，讓他繼續去睡，臨走時為他關上了燈。萊爾德一直是個勇敢的小孩，從小就不怎麼怕黑，也不抗拒一個人睡覺。

天濛濛亮的時候，小萊爾德又被吵醒了。

這次不是走廊裡有人在跑，聲音好像來自樓下，窸窸窣窣的，他分辨不出是什麼聲音。他揉著眼睛走出去，偷偷看了外婆和媽媽的房間，她們都躺在床上。

小萊爾德輕輕下了樓梯。剛才他還能聽見一些動靜，現在又變安靜了。他走向一樓的餐廳，走向最後傳出聲音的地方——角落裡的一座棕紅色櫥櫃。

就在他慢慢靠近櫥櫃，想打開它看看的時候，晨光從百葉窗的縫隙透了進來，正好刺到他的眼睛。他側開頭，正好藉著光亮，看到擺在餐桌上的女士提包。提包半開著，露出幾張皺巴巴的紙。

他知道這是柔伊的提包。平時他對媽媽的東西不感興趣，今天卻走了過去，輕輕打開提包，拿出了那幾張紙。這張紙的一角有個小圖案，他見過這個圖案，那是一家大醫院的標誌。以前他生病時去過那家醫院，媽媽從醫院拿過這樣的紙，他看不懂紙上寫的是什麼，媽媽說寫的是醫生的判斷，關於如何打敗身體裡的壞細菌。

小萊爾德有些疑惑，也有些害怕。最近他完全沒有生病，為什麼媽媽又從醫院拿來了這樣的紙？

懷著對白袍的恐懼，萊爾德仔細地把紙張又放回媽媽的提包裡，把它擺回了之前的位置。做完之後，他才想起去繼續探索那個傳出聲音的棕紅色櫥櫃。

他抬起頭，望向本來要去的方向，輕輕「咦」了一聲。

櫥櫃還是那個櫥櫃，但它並不是棕紅色，而是淺黃色的。

小萊爾德仔細回憶了一下，對啊，這櫥櫃一直是淺黃色才對……可是剛才，在他剛走進餐廳的時候，他真的看到它有著棕紅色的櫃門，而且門看起來滑滑的，就像是金屬做的。當時他有點迷迷糊糊，一時竟然沒覺得有什麼不對勁。

他打開櫃門看了看，一切如常，於是他又回去睡了個回籠覺。

一九九五年十月十五日，柔伊和萊爾德兩個人待在家裡。

正式起床之後，小萊爾德留意過，餐桌上裝著「醫院的紙」的提包早就不見了，肯定是柔伊把它收起來了。

柔伊破天荒地化了妝，還一件接一件地試穿衣服，問萊爾德哪件更好看。小萊爾德像大人一樣皺著眉頭回答她，那要取決於妳打算穿它去什麼場合。柔伊笑了起來，說她要去見學生時代的朋友，她們很久沒有見過面了。

小萊爾德總覺得今天的媽媽和平時不太一樣，有點奇怪。但他說不出到底奇怪在什麼地方。

柔伊換衣服的時候，萊爾德會像小紳士一樣背過身去。就在這時，他又聽到了一些細小的雜音。說是人聲也不對，說是腳步聲也不像。這次聲音不是從樓下的櫥櫃傳出來的，而是來自他眼前的衣櫃。

他困惑地看著衣櫃。它應該是深棕色的，現在怎麼變成了棕紅色？而且，櫃門從木頭變成了金屬，一點也不像個衣櫃。

萊爾德湊進一些，仔細觀察，才發現它根本不是櫃子，而是單獨存在的大門。他從沒在家裡見過這扇門，也不知道它會通向哪裡。

金屬門板虛掩著，微微晃動。萊爾德想到，剛才的細小雜音也許就是出自這裡。

接著，他又想到了很多事：從前他一直能聽到很多奇奇怪怪的聲音，遙遠的動物叫聲，很多人的腳步聲，大人說話的聲音，半夜敲擊他房間屋頂的聲音……外婆和柔伊都認為這是惡夢，很多小孩都會這樣。

現在萊爾德突然明白了，一定是因為家裡藏著一個神祕的地下通道，那些聲音都是從這來的！

萊爾德有點怕，也有點小小的興奮。他喊了一聲「媽媽妳看」，然後立刻忍不住扒開門縫，踏入了門的另一邊。

裡面黑漆漆的，但萊爾德並不害怕。他從小就不怕黑，媽媽和外婆經常為此誇獎他。

接著，萊爾德身後傳來了柔伊的尖叫聲。他回過頭，看到還沒扣好襯衫的柔伊朝他撲過來。她的眼神極為驚恐，臉在一瞬間就蒼白得毫無血色。

萊爾德高喊著「我沒事」，並且迎向媽媽，在他差一點點就能碰觸到她的手時，那扇門在他們二人身後關上了。

四周頓時一片漆黑，伸手不見五指。萊爾德撲向媽媽原本所在的方向，卻什麼都沒摸到。

與此同時，他能聽到柔伊在瘋狂地喊他的名字，甚至能聽見她的腳步聲，他儘量靠近她的聲音，可是無論他怎麼摸索，也碰觸不到任何人。

大概對柔伊來說也一樣，她也可以聽見萊爾德在呼喚他。兩人在黑暗中似乎近在咫尺，卻始終無法接觸。

萊爾德回憶著所有來自大人、書籍、電視的知識，想起了一個生活小常識：剛關燈時，人會看不清室內的東西，這時候，只要你故意閉上眼再睜開，眼睛就可以漸漸地適應黑暗，就能夠看到周圍了。

他按照這項知識去做了。如果一次不夠，就多做幾次，如果仍然看不見，就讓閉眼的時間更長一些……

再一次，他睜開眼，這次他能夠看見東西了。

他站在自己的房間裡。不是這棟房子裡的房間，而是他從前的家。位於松鼠鎮，父母還在一起時的那個家。房間裡靜悄悄的，柔伊並不在這裡。他完全聽不見她的聲音了。

小萊爾德猶豫了很久才走出房門，並且發現，外面並不是父母的家，而是他完全不認識的世界。

一開始，他哭著尋找媽媽，自言自語，給自己加油打氣，到處尋找電話……時間不知道過了多久，他不再哭泣，也不再出聲，而是漫無目的地徘徊。

他見到了很多東西。

見到了後來會被他忘記的一切。

二〇〇二年四月十一日，實習生把萊爾德從午睡中喚醒。萊爾德知道，又到了做「專項治療」的時間了。那件事很痛苦，他很討厭，但他從沒有堅決地抗拒過。

偶爾他會聽見實習生說漏了嘴，把「治療」說成什麼「探查」。他沒有就此提問，因為他不在乎這件事究竟叫做什麼。

聽說「專項治療」可以幫他想起五歲時的經歷。醫生們說，這會有助於治療他的病情。但他最最在乎的其實不是病情，他想知道的是：我是如何與柔伊分別的，如今柔伊又究竟身在何方？

前幾次治療好像沒有什麼結果。萊爾德還能回憶起一些零星的感受，卻回憶不起來完整的記憶。就像是從夢中醒來。醒來的瞬間還能記得一些事情，徹底清醒後，夢裡的經歷就不知不覺地消散了。他只能記得那是惡夢，甚至能記得痛苦的程度，記得其中所有洶湧的感情……但就是想不起具體的事件。

他有種感覺，其實治療是有用的，在以前的治療過程中，我一定已經想起來了很多事，那些事就在我的腦子裡，隨時隨地與我在一起，我只是無法留住而已，這一次，我一定要留住它們……

「治療」開始前，實習生坐在萊爾德頭側，握住了萊爾德的手。醫生默許這麼做了，說這樣能讓小孩子乖一些，也不錯。

萊爾德忽然想起小時候看過的一本圖畫書，好像還有改編的動畫……他忘記了五歲失蹤期間的經歷，卻還記得那個叫做《小狗迪迪》的故事。

迪迪的媽媽變成了星星。

在牠徐徐升上天空的時候，牠告訴迪迪：

從今以後，你要獨自去旅行了。我知道你很難過，我知道你會為與我分別而哭泣。但是，在哭過之後，你還要繼續踏上旅程。不要害怕危險，也不要害怕寂寞。將來你一定會遇到其他小動物，在牠們之中，也有別的小孩像你一樣正在獨自旅行，像你一樣寂寞。

和小伙伴在一起吧。當你們難過的時候，當你們害怕的時候，你們可以握緊彼此的手。

萊爾德閉上眼，感受著掌心的溫度，聆聽著熟悉的儀器聲和醫生的話語，慢慢沉入黑暗之中。

他見到了很多東西。

見到了曾經被他忘記的一切。

他哭叫著奔向前方，媽媽就站在那裡。

她蹲跪下來，向他伸出了手。

柔伊臉上的眼淚和融掉的化妝品混在一起，眼神中寫滿恐懼，嘴角卻掛著微笑。萊爾德恍恍惚惚地繼續靠近她。他看不懂她的表情——像是久別重逢的喜悅，又像是直面死亡時的絕望。

突然，他的腳踝一痛，有什麼東西攔住了他……或者是絆倒了他。地面平平整整的，沒有石頭或樹根，只有個面積很大的圖形，它是用暗紅色液體畫成的，上面的線條以十分複雜的形式交錯在一起，周圍還寫著許多無法辨識的字母。

他跌倒在這個圖形裡，怎麼掙扎也站不起來。他的喉嚨裡發出動物一樣的嘶吼聲，目光一直停留在柔伊身上。

柔伊身後，有一個身形漸漸浮現出來。那是一個陌生的女人，身穿淡色的連身裙，棕色長髮整齊地垂在肩頭。

柔伊跪在地上掩面哭泣著。棕髮女人握住她的手，將她攙扶起來。

萊爾德留意到，柔伊的手很瘦很長，骨節分明，手指髒兮兮的，甲縫裡還殘留著泥土。而另一個女人的手卻十分白皙，看起來柔軟而嬌小，上面沒有任何汙垢。

柔伊的目光有些呆滯。看到活生生的人，她卻並沒有表現出應有的激動。

棕髮女人先開口了，「別怕，我可以幫助他。」說著，她的目光投向萊爾德。

「妳是什麼人……」柔伊用沙啞的聲音問。

棕髮女子露出甜美的笑容，「妳可以叫我伊蓮娜。」

列維失去了意識。再醒來的時候，他躺在遮雨棚下，身後是孤島上的小房子，前面不遠處是滾滾河水。

萊爾德躺在他身邊，還在昏睡。兩人身上都布滿血汙，簡直慘不忍睹。

「終於還是昏倒了，」列維對萊爾德低聲嘟囔著，「如果他不昏倒，我都覺得不正常。」

列維爬起來，望向更遠的地方。從這裡還能隱約看到河水對面的山丘，小徑沿著坡度攀援向上，直到隱沒在昏暗的空氣中。

就在他的思緒有些放空時，身後傳來了輕輕的「喀噠」一聲。他回過頭，屋子的門打開了一條小縫。

門縫裡探出一顆小腦袋，「先生……抱歉，我忘記你叫什麼了。」

「妳……妳是米莎？」列維十分驚訝。

「是我，不久前我看見你了，你和萊爾德，還有我媽媽。」米莎的聲音很小，語氣很輕快，「對了，我已經見到我媽媽了。謝謝你們。」

「妳媽媽在這裡？」列維問。

米莎把門開得更大，「你們進來吧，裡面安全些。」

列維沒有問為什麼「裡面安全」，反正他原本也打算進去。他把萊爾德扶起來，架在肩膀上，跟著小女孩走進了房子。

在「辛朋鎮」裡的時候，列維和萊爾德曾經進過這棟房子——雖然不是真正意義上的同一棟。房子內的基礎格局沒變，擺設上有些細小的差別。

米莎一路跑上了樓梯，招呼列維跟上。列維嘆了口氣，半拖半抱地帶著萊爾德一點一點挪上去。

二樓的變化較大，和那棟「同款」房子明顯不同。原本該是艾希莉房間的位置，現在竟然是一道樓梯口。樓梯是木質的，又窄又陡，似乎通向三樓。可這棟房子只有兩層樓……從外觀看，房子根本沒有容納第三層的地方。

列維盯著樓梯時，米莎去推開了瑟西的房門。

「那位……你請進，」小女孩用自己的身體抵住門，雙手模仿飯店門僮的動作，「萊爾德得躺下，你可以把他放在這邊。」

列維走過去，「對了，我叫列維。這個名字很難記嗎？」

「喔……好的，我記住了。」小女孩不好意思地低下頭。

米莎給人的感覺不太一樣了。列維上次見到她時，她是個沉默寡言的小孩，其實現在的米莎也不算特別活潑，神態還是有些兒童特有的拘謹，但言行變得主動了很多。

房間內部變樣了，不是之前他見過的「瑟西的房間」。這裡的面積更大，幾乎類似教室的面積，房間裡面凌亂不堪，家具和裝飾物呈現出一種詭異的無序感。有些眼熟的家具屬於「瑟西的房間」，還有些陌生的兒童家具；雙人床和兒童床橫著交叉，床墊融合在一起；梳粧檯平放在地上，鏡子插進牆壁裡，露出一半，另一半從天花板伸了出來；天花板上掛著月亮形狀的燈，旁邊還緊靠著一盞圓形吸頂燈，兩盞燈相接處交融在一起；靜音地墊鋪在角落，多餘的部分爬上牆壁；兩種不同顏色的地板犬牙交錯，地毯和壁紙交接的地方沒有明顯分界線，而是像兩種黴菌互相侵襲般連接在一起……

這個房間……就像是有兩張不同房間的照片，某人把它們在電腦軟體裡打開，以詭異的審美強行拼合在一起。

在那張交叉的床上躺著一個人，正是不久前消失的瑟西。她側躺著，背對門口，身體有著喘息的微微起伏。列維看不出她是受傷還是怎麼了。

米莎指了指牆邊的沙發，「萊爾德可以躺在這。」

列維對著沙發皺了皺鼻子。沙發的一側扶手融進了牆壁，另一側和天藍色玩具箱連在一起。

他把萊爾德放上去，萊爾德的腳伸出沙發外，垂在玩具箱上。玩具箱的蓋子不見了，列維正好看見裡面的東西。

有一些他不認識的卡通手偶，一套還沒拆封的樂高，泄了氣的兒童足球，充氣小錘子，五顏六色的積木……在積木的上方，躺著一隻挺眼熟的小熊。淺黃色小熊，戴著黑領結，左手破了個小開口，露出了棉花。

列維想起這東西了，他沒見過它，但是聽萊爾德提過。萊爾德說自己擁有過這樣一隻小熊，小熊曾經出現在他們剛剛「進門」之後看見的房間裡。還有那些積木，萊爾德好像也提過積木。

這房間裡並沒有列維覺得眼熟的東西，他童年記憶中的綠色塑膠士兵不在這裡。

列維坐在沙發上，沉默了很久。他不太擅長和小孩打交道，但現在能醒著回答問題的只有米莎一人。

「我們在什麼地方？」他問。

說完之後，他意識到自己的語氣可能有點生硬，像是在和執行任務的特務接頭似的。他實在裝不出那種專門和小孩說話的腔調。萊爾德就很擅長這些，別看他沒好好上過學，裝個兒童問題專家還能裝得挺像。

米莎沒有正面回答，而是問他：「你看過一個故事嗎？有個人被大鯨魚吃了，在鯨魚肚子裡遇到一個老伯伯，老伯伯一直生活在鯨魚肚子裡。」

「我看過這個故事，」列維說，「怎麼，我們在鯨魚肚子裡嗎？」

米莎低下頭，睫毛扇了幾下，似乎面露怯色，「有點類似。但是……我講不好。」

「講不好也沒關係，妳隨便講。」

米莎回頭看了看瑟西，又湊過去看萊爾德，似乎是在確認他們沒有醒來。她對列維壓低聲音說：「我們在伊蓮娜的肚子裡。」

列維愣了好幾秒，簡直不知道下一句該問什麼。米莎抿著嘴，等待著他的反應。看他不說話，小女孩有些懊惱，「你不相信我。」

「不……我……」列維問，「妳是說伊蓮娜嗎？不是柔伊嗎？」

米莎的眉頭頓時舒展開來，「是伊蓮娜，也是柔伊。一開始是伊蓮娜。她本來是伊蓮娜，後來柔伊取代了她。」

列維問：「妳的意思是，一開始是伊蓮娜控制著那個虛構的『辛朋鎮』，後來柔伊出現了，她用某種方法壓制了伊蓮娜，得到了控制這一切的權力？」

「沒這麼複雜，其實沒有什麼鎮，」米莎說，「就只是伊蓮娜和柔伊而已。我小時候見過伊蓮娜，她還跟我說過話，後來漸漸的……她就不是她了，但那時我還不知道，我以為一直都是她。直到我被吃進大鯨魚的肚子裡……不，應該是伊蓮娜的肚子裡，這時我才知道，她不是伊蓮娜，是柔伊。」

和小孩說話真累……列維又是半天沒說話。他隱約覺得，米莎說的話應該有一定的真實性，但她的理解充滿了童趣，和客觀描述肯定有很大差距。

列維只好順著她的思路問：「柔伊為什麼要『吃』妳？」

「其實這是伊蓮娜的錯，」米莎的語氣倒是在模仿大人，「伊蓮娜總是去見我，還說我有天分，雖然我很害怕……這給柔伊留下了印象，讓柔伊也記得我了。後來柔伊替代了伊蓮娜，她就開始找我，因為她覺得我是她們的小孩，她覺得小孩應該被帶回來。」

米莎又看了一眼瑟西，繼續說：「後來我媽媽也看到伊蓮娜了，當時的伊蓮娜不是伊蓮娜，其實是柔伊。在柔伊的眼裡，根本不是我媽媽在帶著我逃跑，而是屬於她的小孩要被別人帶走了。所以柔伊要抓我，要把我帶到這裡來。」

「然後呢？她抓了妳，自稱是妳媽媽？」列維問。

米莎搖搖頭，「她抓我，僅僅是因為她對我有印象，而這些印象來自伊蓮娜。柔伊根本不認得我。對了，這些都是伊蓮娜告訴我的，她說這是什麼來著……對，本能，她說柔伊瘋掉了，做事情僅僅是憑著本能。」

「伊蓮娜也在這裡嗎？」

「在的。」

列維突然抓住米莎的雙肩，把小孩嚇了一跳，看到她的反應，列維又連忙放開了手。「她在哪裡？我想和她談話。」

米莎稍稍後退了一點，說：「恐怕不行。現在伊蓮娜不能動，也不能說話。我剛到這裡的時候，伊蓮娜還能清醒著說話，還能帶我到處看看，還說可以想辦法送我回家……後來這件事被柔伊知道了，她就生氣了，更加嚴厲地管束伊蓮娜，伊蓮娜就醒不過來了。」

列維把這段話反覆消化了幾遍，怎麼也拼湊不出通順的邏輯……和小孩溝通真的是太累了！

他耐著性子問：「妳說伊蓮娜醒不過來，怎麼，她是在睡覺嗎？還是生病了？」

「差不多吧。但不是因為生病，是柔伊困住了她。」

列維看了床上的瑟西一眼，「妳的媽媽也是這樣嗎？被柔伊弄昏過去了？」

米莎說：「不一樣。我媽媽從裂縫掉進來的時候，她一點準備都沒有，這樣對她很不好……非常非常不好。所以，她的感知被暫時剝奪了。」

「感知被暫時剝奪」……這些詞彙，顯然不是七歲小孩能自己總結出來的。列維倒是聽說過，這是一種學會導師才能掌握的技藝。

列維問：「是伊蓮娜做的嗎？但妳說她不能動也不能說話……」

米莎平靜地說：「不是伊蓮娜，是我做的。」

「什麼……」

米莎從褲袋裡掏出一支無墨筆。比列維的無墨筆舊很多，形狀不太一樣。她說：「以前伊蓮娜還清醒的時候，她教我的。用筆和紙就能做到，沒有紙就用地板和牆也行。她還教了我一些別的東西，有的我還不太會。」

列維看著眼前的小孩，她的形象和他記憶中的很多孩子重合起來。那些孩子不是普通人家的學齡兒童，他們是受訓獵犬、是導師學徒……伊蓮娜說米莎「有天分」，看來這是真的。

「那麼……」列維忽然覺得，和小孩溝通也沒那麼困難了，「妳媽媽掉進什麼裂縫，也是妳做的嗎？」

米莎說：「那倒不是。那是個本來就存在的裂縫，以前就在。伊蓮娜提醒過我，我才知道它的用法。我用它出去找過你們。」

列維點點頭，「我記得。那時妳在艾希莉的身體裡……就像穿著她的皮一樣……」

米莎皺著眉頭，用力抿了抿嘴，似乎不怎麼喜歡「穿著皮」這個說法。

「原來它叫艾希莉啊……」她小聲感嘆著，「我們都用它當掩護，這樣我們就可以做很多事，而且不被柔伊發現。」

「『我們』？」列維問，「除了妳還有誰？既然伊蓮娜動不了……是丹尼爾嗎？」

米莎驚訝道：「你也認識丹尼爾呀？」

列維點頭。米莎繼續說：「使用原住民的方法就是丹尼爾教我的。柔伊監視不了原住民，原住民在她眼裡就跟不存在一樣，所以當我們發現有個原住民不小心闖進了柔伊的身體，我們就趕快把她留住了。」

「什麼原住民？」

「就是你說的艾希莉。」

列維嘆了口氣，手肘撐在膝蓋上，用手掌托著額頭。他想感慨的事情太多了，一時都不知哪個才是重點。米莎稱艾希莉為「它」，還稱她為「原住民」。看來在不認識艾希莉的人眼裡，她和一路上可以見到的各種怪異生物沒什麼區別。

列維問：「既然妳能出去，為什麼不穿著艾希莉的皮逃跑呢？」

米莎說：「沒辦法跑。我們都試過。即使能用它出去，也不能維持太久，時間一到，它就會自動返回。它好像喜歡這裡。而且，我在外面沒辦法離開它的身體，我試過，根本爬不出去，就像變成了它的一部分一樣。只有在大鯨魚的肚子裡，我才能從艾希莉裡面爬出來，或者爬進去。」

「大鯨魚的肚子有多大？」列維問，「這裡肯定是，辛朋鎮也是？」

「嗯，小鎮也是。我也在那裡生活過，就是你說的那什麼鎮。我在那裡住了很久，那時候我一點也不想媽媽，因為只要留在那裡，我就會變傻，會忘掉很多事情。所以我沒辦法在那個鎮裡找你們，即使穿著艾希莉也不行。不過，正好柔伊也不喜歡我跑得太遠，她喜歡讓我和伊蓮娜藏在很深很深的地方，比如這裡。她可能不知道，到這裡之後，我反而不那麼傻了，能想起來很多事情。」

列維想了想，說：「我大概能猜到是為什麼。這個地方大概是柔伊做出來的吧……」

他看了一眼玩具箱裡的布偶熊，還有整個布局混亂的房間，「而『外面』那個辛朋鎮，多半是伊蓮娜的作品。伊蓮娜是資深的導師，她的技藝更完善，更成熟。即使像妳說的那樣，現在柔伊是這一切的主人，那她也只是繼承了伊蓮娜的成就，並不能百分之百地控制。」

丹尼爾也表達過類似的意思。當時列維偷偷跟著丹尼爾與萊爾德，丹尼爾曾這樣說過：「如果是伊蓮娜要對付我們，我們早就完蛋了，正因為她不在，我才有機會找到你們……」

米莎歪頭看著列維，沒有答話。列維笑道：「怎麼？聽不懂了啊？我還以為妳聽得懂呢。畢竟妳連什麼是『學會的獵犬』都知道，伊蓮娜還教了妳導師技藝。」

「我也不是全都懂……」米莎有點不開心地嘟囔著。

她又沉思了片刻，忽然說：「列維先生，我想求你答應我一件事。」

看著她小大人一樣的態度，列維有些想笑，但他還是嚴肅地回答：「妳先說是什麼事。」

「伊蓮娜說會送我回家，」米莎說，「等我們回去了，你千萬不要把我們談的這些事告訴我媽媽。」

說著，她走到那形狀古怪的床前，看著側臥的瑟西。

瑟西被剝奪了感知。列維沒經歷過，不知道被完全剝奪感知是什麼樣的體驗，他只知道這是導師們可以做到的一種技藝。當年帶他的導師也會做，他卻一直沒能掌握。

現在的瑟西應該沒有任何感覺。沒有視覺，沒有聽覺，沒有嗅覺，沒有觸覺，沒有悲傷，沒有恐懼，沒有痛苦，也不會做夢。甚至，也許她根本感覺不到自己的「存在」。她當然也聽不到米莎口中這些陌生的詞彙，看不見七歲的女兒有著如此成熟的神情。

列維看著這孩子，「妳很確定我們能回去。為什麼？」

「你先答應我啊！」米莎催促道。

「好，答應妳，我不會告訴瑟西。」列維說，「換妳回答我，妳為什麼確定自己能出去？」

米莎說：「只要伊蓮娜好起來，我們就都能出去。安琪拉就是這樣離開的。你知道安琪拉是誰嗎？」

「知道，是妳外婆。」列維瞭然地挑了挑眉。

怪不得安琪拉和其他失蹤者不一樣。在疑似遭遇「不協之門」的案例裡，當事人基本上都會永遠失蹤，而安琪拉幾小時後就又出現在了公寓裡。

她畫下了辛朋鎮的地圖，地圖內沒有任何不屬於辛朋鎮的區域……如此看來，她是直接走進了「鯨魚的肚子裡」，她一直在伊蓮娜的力量範圍之內，可能根本沒有見過辛朋鎮之外的區域。

「那麼，伊蓮娜要怎麼樣才能好起來？」列維問，「也許我們可以去看看她。她在哪？」

米莎指了指上方，「她在三樓。她不讓我上去。」

「樓梯不就在那邊嗎？」列維問。

米莎說：「我知道樓梯在那邊。但是，她不讓我上去看她。在她的聲音消失之前，她叫我一定要答應她。我答應了。」

「她只說了不讓妳上去？」列維的語調在「妳」上加重。

米莎點點頭。

列維起身去拉開門，回頭瞥了一眼米莎，「妳還真是個信守諾言的孩子。」

米莎小聲說：「要遵從上級導師。」

儘管列維是學會的獵犬，十幾年前還曾經是導師助理……看著七歲的孩子說出這句話，他還是不由自主地渾身一凜。

就在列維走出門，面向通往三樓的樓梯口時，身後傳來一聲虛弱的呼喚：「等等……列維，等等我。」

列維回過頭，透過開著的房門，看到萊爾德從沙發上爬起來了。

萊爾德起身時晃來晃去的，米莎想攙扶他，他伸手揉了一把米莎的腦袋，可能手勁有點重，簡直像把人家的頭當拐杖用。米莎一臉不悅地躲開了。

列維問：「你醒了?什麼時候醒的?」

萊爾德靠著門框，一手捏著眉心，「醒了一小段時間，頭暈腦脹的，起不來。現在好多了，我們一起上去看看。」

他用力眨眨眼，鬆開扶著牆的手，往列維的方向走。從姿態來看，他不僅虛弱，肢體還非常不協調，就像醉酒的人無法控制腳步一樣。

經過列維身邊時，萊爾德抬眼死死盯著樓梯，完全沒看腳下，結果踉蹌了一下。列維一把撈住他，順勢讓他靠在自己身上。

萊爾德全身軟綿綿的，緊緊依靠著列維，才又找到平衡。

他露出感謝的微笑，列維的臉色卻暗了下來。

萊爾德踏上第一級臺階的時候，列維抓住他的後領，一把將他拽了回來。身體本來就不協調的萊爾德沒能站穩，直接摔在地上。

房間門口的米莎驚叫了一聲。列維指著她，「回房間去，關上門。」

米莎聽話地關上了門。雖然她被伊蓮娜教得像個小大人，但本質上還是個畏懼成年人的小孩。

萊爾德面色驚惶，扶著牆壁想爬起來，列維站在他面前，皺眉盯著他，他下意識地停下動作，癱坐在地上不動。

「你是誰？」列維問。

「你不認識我了？」萊爾德一臉震驚，「我當然是萊爾德，你失憶了嗎？」

「你不是萊爾德。」

「我……」

列維突然撲上去，雙手抓著他的衣領，把他從地上提起來，緊緊壓在牆壁上。

「萊爾德在哪？你把他怎麼了？」

萊爾德掙扎了幾下，完全無法掙脫列維的鉗制。他叫嚷著，說自己明明就是萊爾德，還說列維腦子有病、剛才在河裡進了水什麼的……列維絲毫沒有放鬆力氣，冷眼盯著他，評價道：「你說話的風格還挺像萊爾德，學得不錯。」

「什麼叫學？我本來就……」

列維突然鬆開他的衣襟。萊爾德剛站穩，列維沒有給他閃躲的機會，一手壓在他的胸前，另一手扣住了他的咽喉。

列維想著，如果是真正的萊爾德，此時的反應可絕對不只是抗議和罵人……他恐怕已經嚇得渾身發抖了吧。他也會罵人，但他更多的是會瑟縮，會前言不搭後語。這不是因為他害怕被傷害，而是他生理性地恐懼肢體接觸。

從「萊爾德」醒過來的時候起，列維就隱約覺得他有哪裡不對勁。他看米莎的眼神，他的肢體動作，他望著三樓時的神態，他走路不穩時的細小反應……每個地方都不對勁。

直到他試圖上樓梯時差點摔倒，列維扶住了他……這時，列維才猛然意識到，這根本不是萊爾德會有的反應。

萊爾德被人碰的時候會渾身緊繃，他會在口頭上故作輕鬆，肢體語言卻緊張得像隻臨死的兔子。當然，他也可以忍耐這些恐懼，故意不表現出明顯的排斥，但表情和話語可以偽裝，肌肉的緊繃或放鬆卻很難控制。

這個「萊爾德」一點也不排斥肢體接觸，甚至還因為被攙扶而面帶謝意。

列維扼住這人的脖子，但不過分用力，維持在帶有明顯威脅，又能讓他發出聲音的程度。

「我很好奇，」列維說，「我一直覺得你好像有點怕我，之前我還想這是不是錯覺……現在看來，應該確實是錯覺吧？否則……你怎麼敢這樣大搖大擺地騙我？」

「你在說什麼？」被控制住的人掙扎了幾下。捏著他脖子的手很有分寸，壓在他肋骨上的那隻手卻用了很大的力氣，讓他有些呼吸不暢。

列維盯著他，「你知道我在說什麼，丹尼爾。」

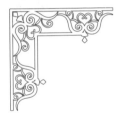

SEEK NO EVIL

CHAPTER THIRTY THREE

【媽媽】

「萊爾德」先是愣了愣，接著不停地解釋起來。列維沒答話，就默默看著他說。

最後，「萊爾德」不說話了，他低下頭，露出一副認命的表情。

「好了，你先放開我。」口音變了。嗓音還是萊爾德的，語調卻完全就是丹尼爾。

列維說：「不行，你先把萊爾德還來。」

「他又沒跑！他就在你眼前呢！」

「那你離開萊爾德。」

「這又不是鬼附身，哪有什麼離開不離開的？我就是萊爾德，萊爾德也是我。我把自己送給他了。」

列維皺著眉，下意識收緊了手掌，丹尼爾虛弱地推他，根本無法掙脫。直到列維自己覺得差不多了，才主動鬆開手，萊爾德的身體跌坐在地上。

丹尼爾喘了半天，才面帶怯色地抬起頭，「你……你以為只要掐死我，萊爾德就能被『換出來』嗎？別這麼幼稚！我說了，這又不是鬼附身……」

「我沒打算掐死你，」列維說，「我依稀記得，這裡的生物似乎都不會死。不知道『辛朋鎮』是否例外，我猜也一樣吧。你不會死的。」

「對啊，所以我們和平一點，好好合作，不好嗎？」

丹尼爾扶著牆想起身，列維一腳踩在他肩頭，把他又按回了地上。丹尼爾悶哼一聲，眼睛裡閃過瞬間的恐懼。

列維默默確認了一件事，丹尼爾是真的肢體不協調，他無法很精準地控制萊爾德的身體。萊爾德雖然很容易昏倒，但還不至於柔弱到這個地步。

「你不是很怕我嗎？真奇怪，怎麼這麼不聽話。」列維的腳踩在「萊爾德」後頸上，居高臨下地看著他。

丹尼爾苦笑了一下，「哈，我確實有些害怕你，因為你是……」

「我是什麼？」

丹尼爾頓了一下，並沒有好好回答，「但……現在也沒那麼怕了。現在我看著的只是一個正常成年人類，而不是……」

他又一次欲言又止，改口說：「還有，我經歷了很多，如今我很難再去怕什麼了。」

列維嘆口氣，「不用提這些，之前我聽過你和萊爾德聊天，你的心路歷程啊、你受到的折磨啊什麼的，我都知道，不想再聽一遍。好了，把萊爾德還來。」

丹尼爾緊緊閉了一下眼睛，一臉不勝其煩的表情，「做事情要分輕重緩急！我們現在要去見伊蓮娜，要去喚醒她……不是嗎？」

「是。不過又怎樣？」列維重複道，「把萊爾德還來。」

「難道你不想救出伊蓮娜嗎？接下來你會需要我幫你的！」

「就算需要你，也得等需要的時候再說。現在我不需要你。」

「你……」丹尼爾半側躺著，艱難地斜眼向上看，發現列維正在把玩著一支筆。金屬的無墨筆，筆尖似乎剛剛磨過。

丹尼爾叫道：「如果你傷害我，就等於是在傷害萊爾德！他並沒有被藏起來，他就在這裡！他也會感覺到的！」

「我知道。」

列維鬆開腳，丹尼爾剛要爬起來，列維又一腳踢在他心窩上。

丹尼爾蜷縮起來，列維蹲下，拉住他的左手，按住手腕，壓在地上。

列維語氣平和地說：「快點，把萊爾德還來。我知道你這個人很勇敢，但你也很怕痛。或者說，現在你最怕的就是痛。來，回憶一下那些鋼索，回憶一下身體被穿出一個個洞的感覺……仔細品味一下。你最怕回到那種恐怖的氣氛裡了，對不對？」

「但是……如果你想做什麼……萊爾德也會……」

列維笑了出來，「我一點也不擔心他。你剛才說你就是萊爾德，那你是不是也知道他的經歷？回憶一下吧，看看我和萊爾德都幹過什麼有趣的事。或者你在心裡問問他，讓他告訴你，」列維邊說邊看了看手裡的無墨筆，「那時候可比這過分多了……我知道他受得了，你就不一定了。」

丹尼爾沉默了片刻，臉色越發蒼白。列維看得出，他聽懂以上那段話了。

「你確定嗎？」丹尼爾緩緩搖著頭，「你想起之前大部分的事情了，對吧？現在萊爾德也一樣，他也能想起你們進入辛朋鎮之前的經歷……但是，他不能想起來，他會受不了的……」

列維說：「我明白。一旦他想起從前的經歷，他就也會感受到真實的身體狀況。」

丹尼爾仍然試圖說服列維，「既然你明白，你還要讓他醒著感受這一切嗎？你到底是重視他還是恨他？」

列維嗤笑道：「丹尼爾，你就只是不想交出這具身體的控制權而已。你我都知道，萊爾德身上有個叫『卡帕拉法陣』的東西，你說過，它相當於一個控制臺。你可以控制萊爾德的感知，或者他自己也可以學習去做這些。剛才我見到了一個有天賦的導師學徒，她才七歲，已經學會了剝奪感知，並且在她母親身上施展成功了。七歲學徒都做得到的事情，難道你身為資深導師卻做不到？」

話音剛落，列維手中的無墨筆直戳下來。丹尼爾注意到了，他拚命縮起手臂試圖躲避，可列維的另一隻手扣著他的手腕，他無處可逃。

筆尖接觸到手背上的虎口位置，落在皮肉最薄的地方，原本它可以輕易刺穿皮膚，但在此時突然改變方向，只劃出了一道淺淺的痕跡。

列維收起筆，鬆開了手。

萊爾德在地上趴了一段時間，蠕動著靠到牆根，蹭著牆一點點坐起來。

「嚇死我了……」萊爾德長出一口氣，「你真是嚇死我了……」

這是萊爾德。聽他說出第一個音節的時候，列維就感覺到了，這回是萊爾德沒錯了。

列維從蹲姿站起身，伸出手去扶萊爾德。萊爾德猶豫了片刻，才搭著列維的手，緩緩站起來。

列維問：「什麼嚇死你了？」

「還能是什麼？當然是你啊！」萊爾德說，「剛才我一直都在，我一直看著這一切呢。」

「你的腿都被碾碎過了，還會害怕被筆戳個洞什麼的嗎？」

萊爾德一臉頭痛的表情，「難道你一旦拔過智齒了，就從此不會再害怕補牙了嗎？」

「我本來就不害怕看牙醫，」列維說，「還有，我沒智齒。」

「你的智齒沒發過炎？」

「不，我沒智齒，我只有二十八顆牙。」

「確實也有些人會這樣……」萊爾德停頓了一下，「呃，我們幹嘛要聊牙齒的事？」

列維說：「是你先提牙齒的。你緊張的時候就愛碎碎念，我只是在配合你。」

萊爾德沒否認，也沒再提牙齒。

列維試著把話題拉回來，「我說起腿被碾碎的事，你好像並不吃驚。看來你終於想起我們之前做過的事了。」

萊爾德笑了一下，「什麼叫『之前做過的事』，就好像我們做了什麼很變態的事一樣。」

「也確實挺變態的，」列維自我評價道，「我們在第一崗哨裡找到了路，為了送別人出去，我們不得不讓你……變成這樣。客觀來說，那個過程是挺變態的。」

「是啊……那麼痛，我竟然能忘掉……」萊爾德虛弱地感嘆著。

離開溫暖的河水之後，萊爾德就回憶起了之前的事情。當然，他也回憶起了在第一崗哨裡的種種經歷。

他記得自己的某一條腿斷了，不只是一處骨折，而是從腳尖到膝蓋，所有骨頭一點點地粉碎。他暫時想不起來到底是哪邊的腿。

他的手臂也無法自由移動，身體上更是有很多他閉著眼沒有去看過的傷處，有些沒有流血，但造成了體內的腫脹，還有些傷口看似細小，卻可以帶來地獄般的劇痛。

現在萊爾德看著自己的雙腿，卻看不到任何異常。褲子上浸透了腥臭的液體，有些噁心，但雙腿的形態很健康。視覺上毫無異常，疼痛也被壓制住了。

正常來說，一旦他想起那些經歷，就也會感受到真實的身體狀況。現在他之所以能夠毫無痛苦地保持清醒，都是因為那個被稱為「卡帕拉法陣」的東西。丹尼爾藏在他的身體裡，操縱著這個看不見的「控制臺」。

至於丹尼爾是如何做到這些的……萊爾德想起了自己曾捧過的蠟燭。

走在山坡小徑上的時候，丹尼爾走在前面，手裡有一盞點燃的蠟燭，萊爾德走在後面，捧著沒有點燃卻仍然發光的蠟燭。在丹尼爾碎裂消失之前，他手裡的蠟燭已經不發光了，而萊爾德的蠟燭燃起了明火。

「你在想什麼？」列維打斷了萊爾德的沉思，「你是不是在偷偷和丹尼爾說話？」

萊爾德笑道：「沒有。你為什麼會覺得我在和他說話？」

「你剛才話那麼多，然後突然就沉默了，臉上表情還一直在變。」

萊爾德搖了搖頭，「我沒辦法和丹尼爾說話。我們兩個不是同時存在的。他確實是以某種方式和我在一起，但並不是以你想像的那種方式……用他的話來說，『不是鬼附身』。」

列維問：「你們兩個不是同時存在？但當他面對著我的時候，你卻可以知道他說了什麼，也能清醒地看著我？」

「對，」萊爾德說，「現在我感覺不到另一個人，完全感覺不到。至於剛才……我只是看著你，看到你要拿筆刺我，那時我意識不到丹尼爾的存在，我……我覺得就是自己在和你說話，沒有別人。直到某個瞬間……直到丹尼爾『走』了，我才突然清醒過來，突然意識到之前的自己很不對勁。之前那些反應、那些話語，不該是我表達出來的。」

列維聳聳肩，「挺難理解的。我還以為是『黑暗裡囚禁著一個小小的人，無助地看著別人控制自己的身體』什麼的……」

雖然萊爾德也很困惑，但這感受對他來說並不陌生。他曾有過類似的體驗。就是在樹林盡頭的斷崖下，他被那個滿身都是手臂的灰色獵人捉住的時候。

現在想來，灰色獵人應該也利用過那個什麼法陣，也用某種方式入侵了他的自我意識。

萊爾德仍然保有那時產生的念頭：撕毀書頁，處決獵犬，殺掉所有拓荒者。

在懸崖邊的時候，萊爾德真的對列維開了一槍，幸好當時他頭腦昏沉，什麼也沒打中。那時他也完全沒有被誰「操控」的感覺，他的衝動完全出自內心。

「殺掉拓荒者」的念頭強烈且熾熱，讓人無法忽視。直到現在，它也並沒有在萊爾德心中消散。它只是自然而然地沉澱了下去而已。

就像人們在日常生活中的某些念頭一樣，很多人都考慮過自殺，或者離家遠走，或者殺死某個至親或同學，或做出某件瘋狂到難以想像的事情……少數人會真的付諸實踐，多數人最終什麼也不會做。

日子一天天過去，痛苦和殺意都已淡去，人們忙著向前走，忙著應付眼前的各種變故，不再糾結於昔日一閃而過的衝動。

但是那些念頭並沒有消失掉。只要人們願意，他們就能輕易回想起來，甚至可能讓它們再次燃燒。那些念頭不是外來之物，不是能夠被移除掉的異物。從產生之日開始，它們就已經是自己的一部分了。

在被列維逼問的時候，丹尼爾說了這麼一句話——**我就是萊爾德，萊爾德也是我**。**我把自己送給他了**。

現在，萊爾德仔細琢磨著這句話，再想想從灰色獵人那裡得到的念頭……他對自己身上發生的事有了隱約的概念，卻沒辦法用精確的語言去形容。

這時他正好抬起頭，看向前方。走廊上的房門開了一條小縫，米莎站在裡面，戒備地握緊門把。她絕不肯把門再開大一點，只透過門縫往外看。列維站在門前解釋著什麼，大概是他剛才的動靜嚇到了小孩。

一開始萊爾德並沒有聽清他們在說什麼。他恍惚地想著，列維大概根本不懂怎麼和小孩說話吧，小孩會被他越說越害怕的。

可是，當萊爾德仔細去聽時，他發現事情並不是自己想的那樣。列維和米莎溝通得並不困難。米莎確實有些怕他，但仍然能很正常地與他有問有答。

他們提到剝奪感知，提到法陣，提到三樓的伊蓮娜，米莎像小大人一樣皺眉搖頭，說什麼「有些我還沒搞懂，我還不是書頁」……

看著這樣的米莎，萊爾德本該大大鬆一口氣才對。米莎的形象仍然是七歲小孩，她沒有長出多餘的手腳，也沒有失去眼睛或皮膚，更沒有忘記他們這些人，沒有忘記媽媽，沒有忘記自身經歷……這實在是太好了。

萊爾德曾經不只一次擔心過，萬一他們帶著瑟西找到米莎，但是米莎變成了什麼難以名狀的東西，那時他們要怎麼辦……別人多半也有這樣的擔心，但大家都沒有說破。

幸好，這種情況並沒有發生。

但萊爾德心裡仍有一絲隱隱的擔憂——雖然這個小孩肢體正常，頭腦清醒，記憶完整……但她真的還是原來的米莎嗎？

即使她的皮肉沒有發生任何變異，那麼她的心靈、她的靈魂呢？

就像我一樣……萊爾德低頭看著自己的雙手雙腳。

我還是完整的「萊爾德．凱茨」嗎？

其實丹尼爾說得對，列維應該是需要他的。

如果要去見不知狀況如何的伊蓮娜，帶著丹尼爾，會比帶著萊爾德有用。但是列維就是非要讓萊爾德在這裡。或者說，越是準備面對未知的狀況，他越是認為萊爾德應該在這裡。

如果只是坐在屋子裡聊天，他反而不介意和丹尼爾聊上幾個小時。他會很有耐心，畢竟丹尼爾也是學會的導師，而且和自己還貌似有血緣關係。不過，列維也很清楚，丹尼爾肯定不這麼想。

他在丹尼爾眼中不是「親屬」，甚至不是「學會的獵犬」……而是某種他們誰都不願說破的「東西」。

列維不想看「那個東西」。

自從察覺到它，列維就越來越頻繁地看到它的倒影。

在霧中的墓園內，丹尼爾的恐懼裡，混濁的河水中，記憶裡十二歲少年的眼睛上……每次想到那件事物，列維就會產生無法排解的煩躁。

他想起了一些理論。它們是很淺顯的知識，給小孩子看的科學紀錄片裡就有。據說，只有極少數動物能認出倒影中的自己，大多數平時被認為「很聰明」、「通人性」的寵物，都會認為鏡中或水面上的身影是另一隻動物。影子和牠四目相接，牠感覺到影子的挑釁，於是牠露出獠牙，發出威脅，而對面的「敵人」也在對牠做同樣的事。

人類也不是生來就能認出自己。據說嬰兒要成長到十二個月以上才能識別鏡影，甚至有的孩子要用更久時間。

當嬰兒第一次看到倒影，看到的是蠕動的不明事物。他沒有掌握任何語言，也沒有自我意識，他不知道自己看到的是什麼，甚至不知道「看到」本身意味著什麼。

當嬰兒多次接觸倒影，他趴在鏡子上，與鏡中的自己雙手相貼，張開嘴巴，晃動身體，他意識到了自我，懂得自己的動作與鏡中人的動作之間的聯繫。

當幼兒看著鏡影，他仍然不完全將它視為自己的附屬物，而是半真半假地把它當成另一個孩子。他對它說話，突然回頭看它，懵懂地試圖找出它與自己的區別。

漸漸地，他終究會明白什麼是倒影。鏡中人微笑或哭泣的時候，他就會明白：此時我的模樣也是如此。

列維不是嬰兒也不是動物，他早就學會了從鏡中辨別自己。不僅是狹義的鏡子，其實人所見的一切都是鏡子，都是映襯。所以，即使現在周圍沒有鏡子，列維也經常看到「那個東西」。

身為獵犬，他一直在主動探尋祕密，即使面對再陰森恐怖的傳聞，他的應對方法都不是逃離，而是深入。

可是現在，當他在一次次「映襯」中見到那個東西時，他卻一點也不想多看它，一點也不想去瞭解它……可以的話，他希望盡可能地逃避它，忘了它，讓別人也不要發覺到它。

他希望它只是偶然的幻覺，只要忽視，就不復存在……但願它真的是這樣的東西。

於是，列維就尤為不願意面對丹尼爾。丹尼爾也是一件映襯之物，會讓他察覺到「它」。如果接下來他們會見到伊蓮娜，也許這種察覺還會加劇。

所以，跟著他去三樓的人必須是萊爾德……而且還必須是這個身穿髒兮兮黑色長袍的萊爾德，連十一二歲時的小萊爾德都不行。

萊爾德會廢話連篇，會在害怕的時候說很多廢話，什麼吃漢堡先吃肉、什麼靈媒、什麼智齒之類的。和他說話的時候，列維想起的不是「它」的倒影，而是開車迷路的焦躁、疑似被跟蹤的煩惱、各種假的識別證、單眼相機、筆記型電腦、褪黑激素、旅館房間……還有令人尷尬的「用疼痛提高感知」和「肢體接觸恐懼症」。

當然，也有一些風格不同的東西，比如他們在第一崗哨深處的閱讀過程，這段記憶有點冗長，但也不壞，它可以讓列維回憶起身為獵犬的職責，令他有點隱隱的愉快。

現在，列維特別想要以上這些雜七雜八的東西。

如果他們可能見到伊蓮娜，那麼列維更希望帶著這些東西去。它們就像是行李吊牌，或者社會保險號碼，或者給貨物分門別類的標籤。

一件無法甄別的事物，被貼了「標籤」，就彷彿有了穩定的歸類。如果這件東西在沒有「標籤」的情況下見到伊蓮娜，也許在見面的那一瞬間，它就會被重新定義成別的什麼。

列維已經走上了通往三樓的樓梯，站在轉角的小平臺上。這裡恐怕已經超過了「一層樓」的正常高度，但他已經不會感到吃驚了。

向下看，萊爾德正跟在他身後，向上看，又是一段轉角平臺，以及盡頭的牆壁。樓梯和普通的室內樓梯一樣，比較窄，兩個人可以勉強並肩站立，但要並排行走就有點互相妨礙。他們一前一後，繼續向上，列維走在前面，又經過兩個小平臺之後，他停下腳步，輕輕「咦」了一聲。

萊爾德在他身後歪頭問：「怎麼了？你看見什麼了？」

「別這麼緊張，」列維向左右伸出手，摸了摸兩側牆壁，「只是樓道變窄了而已。」

萊爾德面色複雜，「呃，你憑什麼認為這情況不值得緊張？我更緊張了好嗎……」

「你都見過那麼多詭異的畫面了，怎麼還會怕這個……」列維邊說邊繼續向上走，「對了，別再用補牙拔牙當例子了，我不怕補牙，沒辦法同理這件事。」

萊爾德在他身後說：「不，我不是怕窄的地方，我是怕這裡變得越來越窄啊！萬一樓道越縮越小怎麼辦？比如說，一開始我們毫無知覺，一直繼續走，等我們意識到的時候就已經沒辦法回頭了，然後我們會被卡住，腦袋都被牆壁擠扁了……」

列維在心裡默默說：好的，開始了，因為害怕而導致的廢話連篇開始了。

樓道確實變窄了很多，現在兩人完全無法並排站立，如果是塊頭特別大的人，恐怕雙肩都會擦到牆壁。

他們又走了幾分鐘，轉過一個轉角平臺，前方樓梯的形態改變了，從幾步一個平臺的室內階梯，變成了直直通向高處的陡峭長樓梯。樓梯仍然是木質，兩側壁紙的顏色也和樓下一樣。在牆壁高處，每隔幾步就有一盞百合花形狀的小燈，如果仔細觀察，每盞燈罩上的汙漬位置都是一樣的。

萊爾德所擔心的「越來越窄」並沒有發生。樓道一直維持著足夠讓人通過的寬度，沒有繼續發生變化。

但這並沒有安慰到萊爾德。針對現在這條又陡又窄又長的階梯，他又提出了各種不同的恐怖猜想，比如「一顆大石球從上面滾下來」，或者「一顆大火球從上面滾下來」，甚至「一顆無數屍體構成的大肉球從上面滾下來」……

起初列維邊走邊笑，當萊爾德把想像加碼到「一顆放射狀而且帶著尖刺的大金屬球滾下來」的時候，列維突然停下腳步。

萊爾德也跟著站住。列維回過頭，皺著眉，像是發現了什麼特別不妙的事情。看著列維的神情，萊爾德頓時安靜下來。他們兩人都沒有發出任何聲音，腳下也沒有絲毫挪動……但他們聽見了腳步聲。

木質樓梯發出「吱嘎、吱嘎」的響聲，是被人踩踏時才會有的聲音。如果屏息細聽，還能聽見皮膚蹭過地板的細小摩擦聲。像是有人赤著腳，正在緩慢地沿著階梯向上或向下。

狹長的空間中，這聲音像是迴盪在任何地方，似乎很遠，又好像很近，令人無法分辨方位。

陡峭的木梯直線延伸，狹窄的空間也沒有任何能讓人躲藏的地方。列維和萊爾德一動也不動地站了起碼一分鐘，腳步聲一直不近不遠地遊蕩著，他們的視野內卻始終沒有出現其他人的身影。

列維對著樓梯低處喊：「米莎？是妳嗎？」

沒人回答。其實列維並不認為那是米莎，就算米莎要跟著上來，她也不太可能弄出這種奇怪的動靜。

在他出聲的幾秒後，腳步聲停了。列維和萊爾德靜靜等了好一段時間，腳步聲沒有再響起。

於是他們繼續向上走，萊爾德不停回頭警戒著身後。又爬上了十幾級臺階後，列維放慢腳步，側過頭，一臉無奈，「萊爾德，你可以抓我衣服，但不要掐我的肉。」

萊爾德恍然大悟地鬆開手。剛才他想讓列維再走快點，於是伸手推了一下列維的背，然後……他的手就乾脆沒離開列維的衣服，就這麼抓著走了好長一段時間。

「你別介意，」萊爾德聳聳肩，「我都被打那麼多次了，比被掐著痛多了，我都不介意。」

列維說：「你要是特別害怕就直說，現在不會有人笑你的。」

萊爾德深呼吸了兩下，「真可惜，我的槍丟了。如果能帶著槍，我就不會這麼緊張了。」

列維說：「也是。我記得你槍法還不錯，但是沒槍的時候就是個廢物。」

萊爾德目瞪口呆，「等等……剛才你還說什麼『要是害怕就直說，現在不會有人笑你』……我還以為你要安慰我？」

「我說的是『不會笑你』，沒說要安慰你。」

「你這個人真是……」萊爾德搖了搖頭。

他剛要再說什麼，後方傳來「劈啪」一聲。在他們身後有一定距離的地方，一盞壁燈熄掉了。

不僅光線熄滅，燈泡和百合花形狀的燈罩還完全碎掉了，玻璃散落在狹窄的樓梯上，碎裂得十分均勻。

兩人還沒來得及就此溝通，緊接著，又是接連幾聲脆響，有好幾盞壁燈都連續炸開並熄滅了。

「搞什麼！」列維先是下意識地加快腳步，最後在階梯上跑起來，「我們得快點了，最好離開這裡！」

「說得容易！哪有離開的路啊？」萊爾德說話的時候，又有大片的壁燈熄滅。碎掉的燈有遠有近，位置毫無規律，幾秒之內，狹長的樓道一點點暗了下去。兩人在昏暗中小跑著上階梯時，他們身後的樓梯上，腳步聲又響了起來。

這次不再緩慢，不再是赤腳輕踏木梯的聲音，也不再遠近難辨。它從很深很遠的地方出現，聲音越來越大，顯然有誰正在向上攀爬。

來者的腳步極重，每一步都伴隨著踩踏到玻璃的脆響。地上的玻璃「喀嚓喀嚓」地進一步碎裂，有些尖銳的地方還會劃過木樓梯，發出嘶啞的摩擦聲。但來者似乎並不會被碎片刺傷，甚至步伐還越來越快。

列維暫時停下腳步，側身貼住牆，把萊爾德一把推到自己前面去了。這條樓道一直保持著僅容一人通過的寬度，他們必須一前一後行走。

萊爾德本來想說什麼，但列維催促地在他背上用力推了兩把，叫他快點往前走，不要耽誤時間。

還亮著的燈越來越少了。

萊爾德只好繼續往上跑，不敢看傳來腳步聲的後方，列維卻回頭看了一眼。

藉著昏暗閃爍的燈光，他看到一道黑漆漆的人影。

猛一看時，他嚇了一跳，條件反射地握起了拳。因為它看起來非常近，他還以為對方追到了只有幾步遠的地方。緊接著，幾乎就在不到一秒之內，他又發現並非如此，那人影分明在更低、更遠的地方，離他們還有一段距離。

剛才他之所以會以為很近，是因為它的形態在不斷變化，忽大忽小。這不是艾希莉的那種變化，不是肉體翻湧著的變化。它更像老舊、顫動的幻燈片，當它在燈前晃動時，投射出來的形態大小就會來回變換。

影子剛好離開一片黑暗的區域，經過殘存的一盞壁燈。在它飛快地從光芒中掠過之後，那盞燈也隨之炸開、熄滅。

恰好是那個瞬間，列維藉著燈光，看清了它的樣子。

是個女人，長髮遮住了臉，衣服十分破舊，已經分辨不出顏色。她行走時佝僂著背，脖子向前探出，手臂架在半空中，雙手隨著前進不斷抓撓著狹窄的兩側牆壁，指甲在壁紙上劃出數條裂口。

她步態蹣跚，爛成一縷縷的裙子下方，露出枯瘦蒼白的腿。一雙赤腳上黏了泥土和一些細小的碎玻璃，但她完全沒有被割傷，甚至在經過燈罩碎片時，還故意踩踏樓梯，讓玻璃和木頭都發出令人無法忽視的聲響。

從她的步態來看，之前那個飄忽的腳步聲恐怕也是來自於她。那時她的腳步聲聽起來很近，但他們看不見任何東西。

也許現在她是故意要發出各種刺耳聲音的，越是這樣，他們就越能察覺到她的存在，越是察覺到她，她的影子就越穩固……

列維不再回頭，只是加快腳步，試圖不去留意身後正發生著什麼。但這很難做到。一旦你留意到了某件事，就很難刻意地減弱它的存在感了。

接著，列維無法自控地回憶起，他好像見過這個人……就是在那個虛假的「辛朋鎮」上，在卡拉澤家的房子裡。

當時萊爾德昏倒了，列維走出房子，回頭看去，看到二樓的玻璃窗後站著一個長髮的人影。他回到室內到處搜索，站在樓梯上的時候，他看到有人走進一樓的客廳。由於角度問題，當時他只看到一隻小腿和赤腳。

這段經歷就在不久前，他對那時的畫面還記憶猶新。當時他毫無頭緒，只能暫時不去想，而現在……他已經猜到這女人可能是誰了。

一股寒冷的空氣從他身後侵襲而來。列維面向前方，在雙眼的餘光裡，左右牆壁上出現一雙灰白色的手。

與此同時，他聽到一段含混的囈語，近在耳畔。他聽不清楚全部內容，只辨識出其中一點點。

「還給我……伊蓮娜……找到了……你們竟敢……」

太近了。那東西就在他身後，幾乎緊貼他的後腦勺。列維起了一身雞皮疙瘩。他咬了咬牙，突然煞住腳步，猛地轉回身。

這時，前方又有幾盞壁燈接連熄滅。萊爾德剛剛經過的一盞燈還完好無損，它成了樓梯上十幾米內的唯一光源。

萊爾德只看到周圍越來越暗，並且聽到碎玻璃上的腳步聲，他並沒有聽見女人的囈語。但是，當列維停下的時候，他聽見了列維轉身的聲音。於是，他也下意識地回了頭。

他首先看到的，是那盞僅存的壁燈。列維站在比他低兩級臺階的地方，他的目光越過列維的肩膀，望入燈光的邊緣。

這瞬間，他還以為自己身在熟悉的惡夢裡——無邊的深邃黑暗中，一雙枯骨色的手向他撲來。

「二〇〇二年四月十六日。今天應該是二〇〇二年四月十六日。

「我在蓋拉湖精神病院的舊院區，接受例行的特殊診療，今天的晚餐有義大利麵和沙拉，我在晚餐之前肯定能夠醒來。

「實習生現在就在我身邊，監控著儀器上的資料，觀察著我的反應，如果我有危險，他一定會及時發現，及時我把帶回去……帶回今天……帶回正確的地方……」

萊爾德拚命這樣告訴自己。

他不僅在腦中重複著這些概念，甚至還無法自控地喃喃著說出了聲音。

奇怪的是，他說話的時候，雖然喉嚨的震動對應著他想說的單字，但耳朵聽見的，卻不是屬於自己的聲音。

他半個身體埋在泥濘之中，越陷越深，無論怎麼掙扎都沒有用。

這一幕有點熟悉，他好像有過類似的經歷。那時他是怎麼辦的？他是怎麼得救的？

泥漿已淹沒到胸口。他繼續掙扎的時候，隱隱察覺到下半身根本用不了力……不，不僅是用不了力，而是他的腹部消失了，腹部以下也消失了。他正在慢慢被分解成肉眼看不見的東西。每一絲消失的血肉都匯入了黑紅色的泥水，和它們完美地合為一體。

他驚慌地大叫起來，並且揮動還姑且存在的雙臂。他把周圍的泥漿拚命撥向自己，想把它們塞進自己的腹部以下，好像這樣就能搶回失去的肢體似的。

這時他才發現，這些東西不是泥漿，它們是無數細長、分不出頭尾、有著生命的東西。它們彙聚盤繞在一起，形成柔軟、能夠流動的集群。它們細長的身體上長滿了小小的嘴巴，嘴巴和人手上的皮褶一樣細小，像因病豎起的魚鱗一樣摩擦著、開合著，起伏著吐出蝴蝶的口器。

每一隻細長生物都和手指差不多粗細，而且是小孩子的手指……萊爾德看向自己的手，這是一雙髒兮兮的小手，指節不明顯，手背肉肉的……這麼小的手，怎麼可能屬於十二歲的自己？

然後，他猛然意識到，現在不是二〇〇二年四月十六日，他不在蓋拉湖精神病院。他身邊沒有人陪伴，他還不認識「實習生」。

他孤身一人，他才五歲。現在是一九九五年十月某日。前幾天他剛剛和媽媽走散。

他和媽媽都進入了一扇紅銅色的門，她在黑暗中喊他，他聲嘶力竭地回應，但他們就是無法看到彼此……他試圖讓雙眼習慣黑暗，於是接連閉眼再睜開，等他看到清晰而陌生的外部環境時，媽媽的聲音和身影都不見了。

五歲的萊爾德不停地尖叫。

他把彙聚成泥潭的細長生物塞進自己空洞的身體，可是它們根本無法代替他的內臟。他不知從哪來的力氣，竟然掙扎著在活的泥潭裡游動，一直到抓住了某個像是岩石或木頭的硬物。

他只靠上半身的力氣，爬上了那個大概是石頭的東西。雖然他才五歲，但這用不了太多力氣，因為他的身體多半都消失了，他的重量變得很輕很輕。

他爬行了一段路。一段好長的路。沒力氣的時候，他就把胸腔裡殘留的長長的生物吃掉；如果實在太累了，他就趴在原地睡過去，在夢裡喊實習生來救他……不對，不是實習生，他還不認識這樣的一個人呢。他喊的是媽媽，也喊過爸爸和外婆。

等他再次醒來的時候，他的傷好了很多。他能抬起身體了，但不能像以前那樣用兩隻腳好好走路。他有了力氣，就又開始大哭，一邊哭一邊喊著媽媽，在灰色的天空下到處徘徊。

他不停告訴自己，現在是一九九五年十月的某天，我叫萊爾德，今年五歲，我和媽媽走散了，我不記得我們是在哪裡走散的……他不停默背家裡的地址，默背電話號碼。媽媽說過，一定要記得這些，這些能幫你找到回家的路。

現在還是一九九五年的十月嗎？

萊爾德有些分不清楚了。他覺得時間過了好久，幾乎比上個夏天還要久。他比以前更有力氣了，可是他的力氣也不能做什麼，只能讓他更擅長走路，哭喊起來的聲音也更大。

萊爾德想：這樣也不錯，聲音要夠大，才更有可能讓媽媽聽見。她一定能遠遠地聽見我的聲音。

現在依然是一九九五年十月的某天。終於有一天，萊爾德找到媽媽了。他向媽媽跑過去，然後被絆倒在地，被困在一堆奇怪的線條裡。無論他怎麼吼叫，媽媽都只會低著頭哭泣。

媽媽沒有主動靠近他。反而是另一個年輕女性走了過來。這個人長得很漂亮，她說她叫伊蓮娜。

萊爾德做了個漫長的惡夢。

他不記得具體內容，只記得夢裡充滿各種殘酷的折磨，他哭得滿臉都是淚水。

醒來的時候，他躺在柔軟溫暖的床上。被窩太舒服了，他並不想起床，只是想看看自己在哪裡，是在外婆家的自己房間，還是回到了松鼠鎮的那棟房子。

現在大概還是深夜。周圍一片漆黑，他什麼也看不見。就在他又要沉沉睡去的時候，他聽見門開闔的聲音，兩組輕盈的腳步聲從遠處傳來。

「我做不到……」這是非常熟悉的聲音，是柔伊，是媽媽的聲音。

另一個女性的聲音說：「妳已經練習過了，上次妳對他的左腿完成了剝離，做得很成功，妳看，這多像個五歲小孩的腿啊。」

說話的兩個人走近了些。萊爾德睡眼迷濛地看著她們，她們既像是站在遙遠的光芒中，又像是守在自己的小床前。

柔伊的雙手合在一起，低著頭，伊蓮娜站在她身後，兩手交扣搭在她肩膀上，歪著臉，面帶微笑地看著她。

「其實妳真的很優秀……」伊蓮娜用手指梳理著柔伊有些打結的長髮，「別擔心，從領悟力和熟練度的角度來說，妳的資質非常好，一定能夠成功的。」

柔伊苦笑道：「妳說起話來真像我的高中老師。」

「怎麼，妳的高中老師也教妳這些？」

「那倒沒有。我是說……她總是和顏悅色，誇獎我，說我並不笨，說我低估了自己，說什麼『無論怎樣我都會支持妳』，什麼『一切都會好起來的』……」

「她並沒有說錯。」

柔伊搖搖頭，「不，她全都說錯了。我沒有像她期望的那樣去申請大學，連服裝專門學校的課程都沒能讀完。我做什麼都不會成功，最簡單的工作都會被我弄得一塌糊塗。我重視的人會離開我，曾經愛我的人也最終會厭煩我。我讓爸爸失望，讓媽媽傷心，我的孩子也過不上好生活，我養不出活潑的小孩，只能眼睜睜看著他變成小時候的我，甚至現在他還要受到這樣的折磨……」

伊蓮娜說：「嗯，也對，妳對自己的評價很正確。妳的人生真的是一塌糊塗。」

突然聽到這種「認可」，柔伊擦了一把眼角的淚水，有些震驚又有些憤怒地看著伊蓮娜。

伊蓮娜笑得更加甜美，「但是親愛的，妳有沒有細想過，這一切都是因為妳沒有早點遇見我？海島上的樹被種在寒冷的半山腰上，便註定是一株失敗透頂的植物。」

她的手離開柔伊的頭髮，撫上她的面頰，「按照妳提過的那些年份數字，我們應該是可以在同一個時代見面的。唉，如果我們早點見面就好了。我可以引薦妳，親自教導妳。我應該提過吧，我有個助手叫丹尼爾，其實妳比丹尼爾更有資質，在他還是助理導師的時候，也許妳就已經可以成為正式的導師了……我真是感慨，如果妳早點認識我，也許根本不需要煩惱什麼大學、專門學校、工作、愛人……妳根本不會有這些煩惱，也根本不會有因它們而產生的痛苦。」

柔伊低著頭，「現在說這些……對我來說又有什麼意義呢？」

伊蓮娜說：「對，妳沒機會重來一次了。妳早年缺少機遇，沒能邂逅最適合妳的生活，所以才會每天都那麼痛苦。」

柔伊盯著伊蓮娜看了片刻，有些無力地說：「妳果然一直是這樣……安慰人的時候什麼好話都能說，但有時候又意外的刻薄。」

「我只是想讓妳認真感受一下，」伊蓮娜笑咪咪地說，「感受一下，聆聽一下自己的內心。當妳第一次學會感知剝離的時候，還有不久前，妳掌握算式陣原理的時候……妳笑得那麼開心，握著我的手，眼睛裡的光芒就像寶石一樣閃耀。」

伴隨著她說的話，柔伊確實回想起了什麼。直到現在，她的眼睛裡仍殘留著當時映下的光彩。

「因為……因為……」回憶著獲知的東西時，柔伊說話都有點不流暢，「因為它們……太龐大了，太驚人了。超出我的想像。我……我真的無法形容它們。」

萊爾德躺在床上，能夠看到母親臉上的喜悅。這種喜悅的程度，已經超過了日常可見的快樂，甚至扭曲了她的表情。他從沒有在任何人的臉上看過如此滿足、如此富有感染力的情緒。

無論是工作上獲得豐厚收益，還是在日常的娛樂中盡情享受，人們身上都不會散發出如此巨大的快樂。這快樂幾乎可以化為有形之物，像水流般瀰漫擴散出來。

到底是什麼事情才能讓人如此喜悅？電視上的好看面孔也好，新聞裡大權在握的人士也好……連他們都不是這樣的。即使掌握全世界的財富也不行，即使讀懂所有書籍裡的知識也不行。

也許這根本不是功利性的喜悅。她如此愉快，並不是因為得到了某種生活中的好處。

它更像一種非人的東西。就像潮汛侵襲著河道，像火山噴吐出高熱，像每一種物種的出現與滅絕，像所有已知生物的所有血液奔流時的脈動聲音。

萊爾德無法理解。他不僅無法理解這帶有驚人感染力的情緒，更是無法理解自己此時的所思所想。

明明是他自己的思想，但他竟然無法理解。

五歲的小孩會想這些嗎？其他五歲的小孩子能夠理解嗎？沒人能告訴他答案。他猜測，應該不能吧。

他在心中挖掘答案，試圖自問自答：也許因為我已經不是五歲了。現在肯定不是一九九五年的十月，我根本想不起來現在是什麼時候。為什麼我會想這些？也許是因為我已經長大了，五歲的小孩子不懂，但我已經不是小孩子了。

我就像爸爸那麼大，或者比他還大，比外婆外公和爺爺奶奶加起來還大，比泥潭裡的蝴蝶口器還大，比幾百個顱骨裡的大腦展平開來還大，比伊蓮娜的皮膚和眼睛還大。

想到這裡時，他感覺到一股視線，思維頓時中斷了。

伊蓮娜望向他，目光彷彿穿透了他的皮膚，能直接看到他體內的一切。

「我們可別光顧著聊天了，」伊蓮娜推著柔伊，向萊爾德又靠近一些，「他快要變完整了。我們得準備開始了。」

柔伊被這話拉回當下，臉上的喜悅漸漸消退。她仍然猶猶豫豫的，「為什麼不能由妳來做……我真怕我會失敗……」

伊蓮娜的聲音仍然很沉穩，但其中已經開始蘊含焦躁了，「如果我有足夠的力氣，能塑造出適合精細操作的肢體，我當然可以自己來。但現在我沒有這些！這正是我需要妳的原因，妳不是已經很清楚了嗎？」

柔伊抱著手臂，手指幾乎掐進皮膚裡，「如果我成功了，他就可以像我一樣了，對吧？」

伊蓮娜說：「也不完全像妳吧。他會比妳原始一些，會回到從前那個低層視野孕育期的幼小半成品狀態。說得簡單粗暴一點，也就是——變回最開始那個叫做『五歲小男孩』的東西。」

「不能像我一樣嗎……」柔伊的語氣竟然有些失望。

「親愛的，別猶豫了，開始吧，」伊蓮娜說，「我會配合妳的。」

柔伊咬著下唇，點了點頭。

她走到萊爾德身邊，俯身看著他。萊爾德注視著她的眼睛。

她雙眼渾濁，就像從內部碎開的藍色寶石。在這麼近的距離下，它們映出的不是萊爾德的面孔，而是凹凸雜亂的不明畫面。

「小傢伙，別怕，」柔伊用熟悉的聲音說，「媽媽來接你了。現在你生病了，我們會治好你的。」

生病。這個詞讓萊爾德心中閃過一個畫面。餐桌上的手提包，包包裡露出幾張折起來的紙，紙上寫著他看不太懂的語句，角落還有一個醫院的標誌。

生病。媽媽，那是什麼，是妳生病了嗎？

他沒有發出聲音，但柔伊能夠聽見。她苦笑著說：「喔……你說那個啊。還記得小狗迪迪的故事嗎？我和他的媽媽一樣，那時候，我也馬上就要到天上去了，所以你才會看到我哭鼻子……」

從前萊爾德懵懵懂懂，現在他卻忽然明白了其中含義。

「妳要死了嗎？」他有些恐慌地蠕動起來。

床邊立刻伸出幾隻手，抓住了亂動的他，把他原地按好。萊爾德不明白為什麼需要這樣。

柔伊說：「不……不……是我要出生了。唉，而且我還提前出生了。我們都是星星，都在天上。現在你升高得太快，我們會追不上你，所以我們要治療你。等我們治好了你，你就可以像我一樣了……」

「我們……是準備要回家了嗎？」萊爾德問。

柔伊搖了搖頭。「家？你是說那個地方啊……不，我們不會回去，」她微笑著，還回頭看了伊蓮娜一眼，「我們有新家了。」

說完後，她立刻轉回頭了。所以，她沒有看到伊蓮娜臉上的表情——平淡，漫不經心，些微嘲諷，以及一點不耐煩。

在萊爾德的頭頂方向，一些濃稠的黑色液體漸漸湧了出來。

第一次眨眼之後，它們糊住了他的眼睛，第四次呼吸之後，他感覺到頭頂傳來了寒冷的銳痛，延續到第五秒的慘叫聲之後，萊爾德意識到有什麼東西正在割開自己的身體。

那些液體像是外來的噁心物質，也像是從他自己體內湧出的血，他根本分辨不出到底是哪種。它們從額頭溢出，又流進眼睛裡。伴隨著強烈的燒灼感，他頻繁眨著眼睛，視野一亮一暗，一亮一暗，柔伊的雙手時隱時現，時隱時現。

那雙手在畫著龐大的圖形，編織著蜿蜒的血管，切開骨頭，把字寫進去，將心臟內外反轉，把數碼刻上去，讓它們伸展出螺旋的觸肢，從毛孔鑽出來，和每一根汗毛牽繫在一起。

萊爾德發出了一種尖銳到刺耳的聲音，不像喉嚨發出的，連他自己都不確定這是慘叫還是別的什麼。他的眼睛仍在一開一閉。漸漸地，他看不到明亮的畫面了，只能看到漆黑的部分。漆黑的部分空無一物，反而顯得更加安全。

明亮的地方也沒有完全消失，總有一些東西會從那邊流溢進來——那是一雙手，纖瘦的、蒼白的手。它們取代了柔伊的臉，遮住了伊蓮娜的模樣，幾乎占據了他全部的視野。

萊爾德分不清這是現在的經歷，還是夢境或回憶。

是一九九五年十月的外婆家，還是二〇〇二年四月的精神病院，或是二〇一五年五月的松鼠鎮。也許這是回憶。有很大機率是回憶。他強烈地意識到，很多感知顯然超過了五歲兒童的理解範疇。

他無法概括、無法定義這段經歷。粗略、籠統地說，這是龐大的痛苦。無法被形容的痛苦，用任何程度的詞語都無法描述的痛苦。

哪怕這真的只是回憶，他也無法全身而退。他被這痛苦撕成了碎片。即使被撕成碎片，痛苦也無法結束，他的每一塊骨頭、每一片皮肉都繼續在疼痛中號泣，然後再碎裂成更小的東西。當碎片全都慢慢落下之後，那雙手開始聚攏它們，把它們修剪成工整的形狀。

五歲的小男孩慢慢出現了，柔伊把他抱在懷裡，熱淚低落在他的額頭上。

萊爾德睜開眼，他漂浮在一片黑暗中，很遠的地方隱隱泛起微光。他想走向它，於是他一點點移動，也分不清自己是在走還是在爬行。

身後有某種東西牽絆著他，或者捆綁著他，他懷疑那是柔伊的手。他堅決地走向那團小小的光，一路都沒有回頭。就像尋覓冥界的出口一樣，一旦回頭，就會再次落入深淵。

雖然看不見任何遮蔽，但他能感覺到道路越來越窄，窄到擠壓住他的全身。但他已經站在光芒旁邊了，一伸手，那團光就穿過了他的全身。

最後的一瞬間，他聽見了柔伊的聲音。那聲音瘋狂而嘶啞，就像在刻意撕裂自己的聲帶。

「妳竟敢……妳騙了我！妳騙了我！還給我……還給我……」

從柔伊的哭叫聲中，萊爾德隱約辨識出這些詞句。但他不明白它們是什麼意思。而且他太害怕了，也不敢細聽多想。

萊爾德突然想起，對，今天是一九九五年十月的某天，媽媽柔伊正在試穿衣服，他陪在旁邊，在房間裡看到了一扇紅銅色的雙開門。他走了進去，柔伊也緊隨在後，他們在一片黑暗中尋找彼此，最終卻失散了。

萊爾德哭了出來。對，就是現在，我想起來了，我站在一片黑暗中，剛剛發生了以上那些事情。

等清醒過來的時候，萊爾德已經走出了那團光。

他努力回憶著，走出來之後，我在什麼地方？然後我做了什麼？他想起來了。他在自己的房間裡，不是松鼠鎮的家，而是外婆的家。

那是一九九五年十月的某個凌晨，距離他和柔伊「失蹤」過去了五天。五歲的他突然出現在房間裡，面對牆壁，嚎啕大哭。

萊爾德看著那個小孩。小孩的哭聲仍迴盪在空間裡，臉卻轉了過來，他看著萊爾德身後，臉上的表情驚恐到近乎扭曲。

萊爾德猛地回身，房間門外的黑暗中，那雙蒼白色的手向他撲來。

他大叫著連連後退幾步，肩膀撞到某個東西，接著，有一股力氣環住了他的腰。

「我得抓著你。忍耐一下。」

耳邊突然傳來列維的聲音。萊爾德愣住了。

小時候的房間瞬間粉碎。

碎片飛散開來，露出狹窄的樓梯和走廊。整個空間中迴盪著刺耳的尖叫聲，叫聲中還混雜著低語和抽泣。

萊爾德和列維已經站在了樓梯最高點。走廊到了盡頭。他們背後不是牆壁，是一口狹窄的矩形黑洞。他們面對著撲上來的人影，背對著黑洞。

「我得抓著你，忍耐一下。」列維飛快地說。他抱住精神恍惚的萊爾德，果斷向後一退，雙腳踏空。

矩形黑洞發出清脆的碎裂聲，就像是他們撞破了一面鏡子。兩人從長廊盡頭跌落下去，墜入不見底的深淵。

SEEK NO EVIL

CHAPTER THIRTY FOUR

【鏡子】

下墜持續了五秒左右。五秒後，列維和萊爾德沒有跌落受傷，甚至跌落感瞬間消失，他們直接腳底觸地，腳下是淺色的木地板。

他們身在非常眼熟的地方——卡拉澤家。位置是房子二樓，面對著伊蓮娜的個人書房。書房的門關著。不僅關著，門外還釘著一層層的鎖鍊，密密地交錯在門和牆壁上。

「我們怎麼回來了？」列維盯著眼前的門，「我們是不是被你媽媽抓住了？」

萊爾德苦著臉，「我媽媽？」

「柔伊。那個人肯定是柔伊。你應該比我更能感覺到她吧？」

「我……」

萊爾德的手慢慢撫上胸口。他的眼底還留著剛才看見的畫面——凌晨的房間裡，五歲的小孩面對牆壁大聲哭泣。

當萊爾德看見柔伊的雙手時，沉寂二十年的記憶也慢慢浮上了水面。

他記起了被溶解、被剖開、被撕碎的感覺，記起了柔伊和伊蓮娜，甚至，他還想起了卡帕拉法陣的位置——就在心臟和胸腔的大血管裡。把心臟內外翻轉，刻在內層心肌上，然後再把它們縫補完好，塞進不明碎塊黏貼出來的身體裡。

在這些記憶中，最清晰的東西是其中兩樣：恐懼與疼痛。他看見的一切都比地獄更令人恐懼，身體上除了疼痛之外什麼也感覺不到。當年的五歲小孩根本不記得這些。不然他根本無法繼續生活，無法擁有還算正常的神志。

不過，他並沒有完全失去這段記憶。記憶只是被限制住了。

十歲後的住院期間，來自不明組織的工作人員對他進行過多次意識探查。他們經常能摸到一些貌似有用的讀數，卻無法看到萊爾德真正的記憶。這大概是卡帕拉法陣的功勞。

那些人為什麼沒有發現卡帕拉法陣呢？萊爾德也不太懂。也許是因為伊蓮娜和柔伊的手法很特殊，或是因為那個法陣本來就很少見。伊蓮娜是個與世隔絕的研究者，她身邊的助手只有丹尼爾，其他同僚大多與她相交不深。

現在想起來，當年的意識探查其實是很成功的。每一次都很成功。每次萊爾德進入誘導式沉睡，他都能回憶起在「不協之門」內的所見所感。但是，每當他被喚醒，這些記憶就又沉入了靈魂深處。它們就像水底的細沙，再怎麼被翻湧起來，最後仍會沉降下去。

當今天的萊爾德想起這些畫面的時候，他一度分不清它是記憶還是現實。記憶出現在五歲，十歲，十一歲，十二歲，他不僅在二十年前經歷過它們，更是在後來經歷的無數次探查中，一次次地重溫……每次他都會陷入混亂，分不清是夢還是記憶，是過去還是現實。

直到今天這次——水底的細沙沒有沉下去。它們包圍住了他，徹底陪伴在他身邊了。

這讓他頭暈目眩，連回答列維的話都有點困難。

「你好像要吐了……」列維拍了拍萊爾德的背。

萊爾德面色蒼白地搖了搖頭，雙手撐著膝蓋，彎腰閉目了片刻。再抬起頭時，他終於能夠站直，乾嘔的衝動也被壓抑下去了。

「是丹尼爾……」萊爾德喃喃著。

「什麼？他怎麼了？」

「剛才他好像做了什麼，我沒那麼難受了。」萊爾德揉了揉胸口，「卡帕拉法陣……對，是它。我能操控它。人的記憶和感受是有聯繫的，我把這種聯繫能力降低一些，這樣他……我就會好受一點。不是失憶，只是把針對特定回憶的心理反射遲鈍化……比起全身麻醉，更類似無痛分娩。」

聽完這段看似輕鬆的解釋，列維面色複雜地看著萊爾德。

在萊爾德的這段話中，「他」與「我」的人稱來回混用，說話口音飄忽不定。他剛剛開口時，說話的顯然是萊爾德，是萊爾德在陳述丹尼爾在他「體內」做的事，說著說著，他的語氣和讀某些單字的習慣又變得像丹尼爾，接著萊爾德再次「出現」，甚至兩個相鄰的單字被他讀出完全不同的口音……

列維有種衝動，想再次逼迫丹尼爾徹底消失……但這真的是丹尼爾嗎？到底是丹尼爾的靈魂在控制萊爾德，還是萊爾德的靈魂吞噬了丹尼爾？

萊爾德左右看了看。從他無意識的聳肩，還有臉上的細微表情來看，他應該還是萊爾德。

「呃，剛才你在說什麼來著……」萊爾德望著面前門上的層層鎖鍊，「你是說，我們可能被柔伊抓住了嗎？我倒不這麼想。柔伊也許是發現我們了，然後她追了上來……雖然我不知道她具體是怎麼做的。不過，她顯然沒有抓住我們，我們逃開了。」

「為什麼？」列維問。

「如果那真的是柔伊的話……她是我媽媽，」萊爾德嘆了口氣，「或者說，曾經是我媽媽。如果她抓住了我們，她怎麼會保持靜默？她肯定要接著做點什麼。」

列維點點頭，「也對。她都把丹尼爾綁得像刺蝟一樣了，沒道理對我客客氣氣。」

他向前一步，手指接觸到門上的鎖鍊，抓住其中一條，用力拉開。鎖鍊順著他用力的方向移動，發出「嘩啦啦」的聲音，一開始是金屬的摩擦聲，後來變得有些像水流的聲音，列維低頭一看，手中的鎖鍊已經不見了，取而代之的是從手掌滑下去的一團團黏液。

被他扯住的黏液落在地上，融進了地板的顏色裡，殘餘在門上的黏液也漸漸淡去，像是被什麼東西稀釋掉了。

書房的門完整地出現了，但他們仍然進不去。列維拉了一下把手，門是鎖上的。他退開了一些，然後一腳踹上去。門震動了一下，但沒有被踢開。他又試了幾次，門紋絲不動，它應該已經超過了普通室內木門的強度。

「你會撬鎖，是吧？」列維回頭問萊爾德。

萊爾德笑道：「一般來說，難道不是應該先試著撬鎖，實在撬不開再暴力破門嗎？你倒好，先踢門再問我能不能撬開。」

列維說：「我以為我能打開它。你記得嗎？我們找到丹尼爾所在的地下室的時候，那些鎖啊、金屬門啊，都很容易打開。」

「大概有什麼不一樣吧。」萊爾德說，「最開始那個辛朋鎮裡的卡拉澤家，在霧裡抵達的卡拉澤家，還有現在這裡，它們肯定是三個不同的地方。」

列維摸了摸身上的所有口袋，從無墨筆的末端抽出一根細鐵絲，還找到一張金色的某銀行信用卡，「我記得你會用這些開門。」

萊爾德點點頭，接過東西，看了看卡片的正反面，「對了，我有點好奇一件事……你以前是靠什麼還卡債的？」

「不需要我自己還。」列維說。

萊爾德一邊試著撬鎖，一邊說：「這麼好啊？是學會幫你還？」

列維問：「你都不好奇『學會』是什麼了嗎？」

「我差不多知道了，」萊爾德說，「它沒有別的名字，就叫『學會』，不是簡稱。」

「丹尼爾告訴你的嗎？」

「也不算『告訴』吧。而且也不只他……」萊爾德蹲在門前，仔細聽著鎖簧的聲音，「你看，我都進過第一崗哨了。我聽過很多事情了。」

列維說：「也對。其實我也不是非要保持神祕，而是要遵守學會的規定。現在嘛……隱瞞你也沒什麼意思了。倒是你，你到底是什麼人？現在還不能告訴我嗎？」

萊爾德說：「嗯……這麼說吧。你遵守的是學會的規定，而我遵守的，是一些更嚴格的東西。在沒有上級授權的情況下，如果我對你洩密，我就要受到內部規章與法律的雙重制裁。」

列維琢磨了一下這話，忽然笑了起來。萊爾德問他笑什麼，他說：「你知道嗎？你那個弟弟，傑瑞，他一直認為我是聯邦特務，而你是神祕組織的驅魔人什麼的。」

萊爾德也笑了起來，「你是不是想說，結果正好相反，我是聯邦特務，你是驅魔人？」

「我不是驅魔人。」列維說。

萊爾德說：「我也不是聯邦特務……性質還是不太一樣。至少不是傑瑞以為的那種。」

「在崗哨裡的時候，我在你身上發現過隱蔽式攝影工具，」列維說，「但你從來沒啟用過，直到它們被損壞。為什麼，你不是在執行任務嗎？」

萊爾德停下動作，笑著搖了搖頭，「大概是因為我對任務不夠忠誠。」

「你只想自己一個人接觸這些，不想把調查到的東西帶回去。」列維說。這不是疑問，而是一句陳述。

萊爾德說：「是的。我是在消極應付工作，甚至可以說是在違抗命令。因為……」

他想起一句話。灰色獵人的日記中的一句話。他輕聲說：「洞察即地獄。」

門內傳來「喀噠」一聲。萊爾德拉了一下門把，鎖已經被打開了。

萊爾德讓門維持著虛掩狀態，想再說點什麼，列維大步走上前，直接拉開了門。

看到房間內部之後，他輕輕「咦」了一聲。

書房裡的東西倒是不可怕，只是有些令人迷惑。與書架一體成形的桌子正對著門，這點和原本的書房一樣。桌面上有個木質置物架，緊貼在牆壁上，與桌子同寬。現在，置物架貼在牆壁上的部分變成了鏡子。猛一看去，就像是書桌變成了化妝臺。

置物架最底層有一排書，高處有幾個小擺飾。鏡子準確地映出這些東西的身影，也映出了書桌上的其他物品和附近的擺設。但是，列維直直地面對著它，鏡中卻完全沒有他的身影。

萊爾德在列維身後，歪著身體探出頭。鏡子裡也同樣沒有他。他們走進房間之後，鏡中的書房門仍然是完全關閉的。

列維拿起書桌上的墨水瓶，在鏡子前晃了晃，鏡中的墨水瓶還留在原地。這時，萊爾德拍了拍他的肩，指向鏡中正前方的深處——鏡中的房門上，門把動了一下。

他們聽不見聲音，只能看到把手微微轉動，門被推開一條小縫。

兩人屏息盯著鏡子。門縫又被推開了些，一抹淺淺的灰藍色出現在門外。接著，一隻白淨的小手扶住門邊，把門徹底推開。

棕髮女子從鏡中的門外走進書房。她穿著長袖的連身長裙，布料顏色很淡，介於灰與極淺的藍色之間，在扣緊的立領外面環著銀色細鍊，鍊子末端是六芒星、銜尾蛇、希伯來文字母 Alef 構成的吊墜。

列維和萊爾德震驚得一時說不出話來。此人正是伊蓮娜無疑。列維見過她的照片，萊爾德的記憶中也有她的樣貌。

伊蓮娜站在書桌前，停了片刻，拉開椅子坐下來。她優雅地朝著鏡子伸手，萊爾德下意識地後退一步。

萊爾德害怕的畫面沒有發生。伊蓮娜的手並沒有從鏡子裡伸出來。她抿嘴一笑，摸索著置物架上的一排書本，從中挑了一本，抽了出來。

在這過程中，她臉上始終掛著明亮的微笑，整個人顯得開朗且冷靜，和柔伊猶如怪物的身形形成強烈的對比。但越是這樣，萊爾德越是不安，他看到的是陌生而美麗的伊蓮娜，與此同時，他心中的另一段記憶——來自丹尼爾的記憶——卻在時刻傾訴著對這女人的敬畏和懺悔。

列維伸手在鏡子前晃了晃。伊蓮娜正在攤開書本，她的動作停下了，抬頭看著他。

「她看得見我們！」列維收回手。

萊爾德說：「很顯然她看得見！她進門後一直在看我們啊，你沒感覺到嗎？」

列維也拉開椅子坐下來，向前探身，抬高音量道：「導師伊蓮娜？是妳嗎？」

萊爾德在旁邊小聲說：「你竟然不叫媽媽。」

列維瞟他一眼，沒有理他，伊蓮娜也對這句話沒什麼反應，大概是他們的聲音傳不過去。

就在列維試圖觸摸鏡子的時候，鏡中的女子抬起頭，直視著列維，指了指手中的書。

列維立刻明白了。他在架子上找到了同一本書，是一本深綠色硬皮封面的十八世紀書籍，好像是某種科學探險讀物。他對照著鏡子裡的畫面，把書翻開，找到相同的頁數。

伊蓮娜微笑點頭。她的手拂過書本，書頁快速翻動起來，同時，列維面前的書也開始翻動，在沒有人觸碰的情況下，它和鏡中的書同步了。

「出示你的銘牌或書籤。」

列維聽見這樣一句話。是柔和的女聲，顯然來自鏡中的伊蓮娜。

旁邊的萊爾德問：「你聽見了嗎？」

列維反問：「你也能聽見？」

「出示你的銘牌或書籤。」伊蓮娜重複道。

列維連忙面向她，從衣領裡拉出他的鑰匙形鍊墜，摘下來，舉到鏡子前。

伊蓮娜了然地點點頭，「獵犬。我可真有點吃驚。」

萊爾德小聲問列維：「她是不是在怪你沒有當導師？」

「能閉嘴嗎？」列維指著牆邊的一張小沙發，「我知道你又緊張了，去那邊坐下，坐著能冷靜一點。」

鏡子裡的伊蓮娜笑出了聲。她看向萊爾德，萊爾德不小心與她對視，然後立刻避開目光，真的去旁邊的單人沙發坐下了。

「我記得你，」伊蓮娜說，「你叫萊爾德，是柔伊的孩子。不要害怕我，我不會傷害你的。」

萊爾德對她笑了笑。他心裡有千言萬語，有無數個疑問，真正面對伊蓮娜的時候，這些東西全部湧出，反而堵塞住了。

他問不出正事，反而可以隨口亂說一些毫無意義的話。比如，他糾結了片刻，對著鏡子比劃了一下，「我突然覺得，這裡很像監獄的親友會面室……」

列維一手扶額，伊蓮娜則又被逗笑了。比起列維和萊爾德渾身都不自然的模樣，她似乎非常放鬆，就像已經認識他們兩人很久了一樣。

「的確有點像，」伊蓮娜托著臉頰，目光在鏡子的邊緣游移，「我們隔著透明的物質交流，但我出不去，你們也進不來。現在我就是個囚犯，被關在屬於自己的城堡裡。」

列維問：「柔伊做的嗎？她怎麼……」

「噢，等一下，」伊蓮娜伸手指著前方，「你們那邊的門，看到了嗎？就是書房的門。去把它關上，從門內反鎖一下。」

萊爾德站起來。剛才是他撬的鎖，他正好想檢查一下鎖有沒有被搞壞，幸好沒有。

等他坐回去之後，伊蓮娜接著說：「讓你們去鎖門，是因為柔伊就在後面。她大概馬上就會趕到。」

她話音剛落，門外傳來「砰」的一聲，有什麼東西重重撞在了門上。

「別怕，」伊蓮娜說，「她進不來。這地方的內部離我比較近，我還算能控制局面。」

緊接著，又是幾次撞門的聲音，聲音沿著牆壁移動，從前方到兩側，甚至是天花板和地下……撞擊聲在不同的地方響起，有時候房子還會微微顫動。從聲音上判斷，就像是這間小屋子飄在空中，正在被外面某種極為巨大的事物抽擊。

列維和萊爾德都半天不說話，目光隨著外面的聲音移動。

伊蓮娜雙手撐在下巴上，一直在叫他們別怕，告訴他們等一下就會安靜了。

果然如她所言，敲擊聲越來越少，最後一聲敲擊回到了門板上，逐漸變成了抓撓木門的細小聲音。幾秒後，抓撓聲也不見了，木門自身發出了幾聲低沉的「吱呀」聲，然後一切回歸平靜。

列維和萊爾德看著書房的門，無意間對視了一下。那一刻兩人意識到，對方和自己一樣，他們對門外的聲音有著相同的判斷：它還在那裡，就在門外。它正緊緊貼在門上，一寸空隙都沒有。

鏡子裡的伊蓮娜拍了一下手，「好了孩子們，別看那邊了，看也沒用。把注意力拉回來，我們可以好好說正事了。」

列維和萊爾德坐回各自的椅子上。萊爾德的單人小沙發還挺輕，他把它往前拖了一點，讓自己離牆壁遠一些，離列維近一點。

伊蓮娜保持著微笑，雙手交握在桌面上，「我想把米莎和瑟西送回去。」

萊爾德對「送回去」這個表達有些疑慮。伊蓮娜似乎能看透他的表情，她立刻解釋道，她所說的「把米莎和瑟西送回去」就是真正意義上的回去，回到她們原來的家，讓她們過原來的生活。

萊爾德說：「妳的意思是『回到低層視野』嗎？」

伊蓮娜笑了笑，「你們是在第一崗哨裡學到這種表達方式的嗎？」

萊爾德點點頭。提到第一崗哨，伊蓮娜露出懷念的表情，「雷諾茲滿口都是很難理解的用詞，對不對？比如高層視野、低層視野等等……唉，他脫離真正的『語言』太久了。他以前是信使，而不是導師，他有些缺乏應變能力，也不擅長根據情況改變交流方式。其實你們不該和他交流太久，雖然他的職責是引領別人，但現在的他反而會令你們更加困惑。他那種溝通方式……對你們來說毫無幫助，反而有害。」

「為什麼有害？」萊爾德問。

伊蓮娜沒有直接回答，而是問：「你們有孩子嗎？不……列維你就算了。萊爾德，你有孩子嗎？」

萊爾德苦笑著搖搖頭，「怎麼可能有。」

列維很想問「為什麼我就『算了』」……但他沒問出口。

面對伊蓮娜的時候，他雖然維持著冷靜，但全身都有些莫名僵硬。他難以向伊蓮娜主動提問。他甚至感到一絲尷尬。面對這個疑似是自己的母親的人，他卻沒有感覺到與之交流的衝動。意識到了這一點，他想開口說話就變得更加困難。

伊蓮娜接著說：「你們沒有孩子，但可以憑空想像一下。你面前是一個嬰兒，大概一兩個月大吧，如果你想對他表達什麼，其實用很簡單的發音和表情就可以，如果你想訓練他養成某種習慣，你可以用一些實際的引導行為，再配合上聲調、態度……人們帶孩子的時候就是這樣吧？那麼，如果你對他使用優美複雜的語言文字，效果會如何呢？顯而易見，這樣不但無法提高溝通效率，反而會讓他什麼也理解不了，你不但無法引導他，甚至還會耽誤真正的教育時機。也就是說，在他的這個階段中，你越是用專業詞彙、精準語言去指導他，反而越會讓他繼續活在混沌裡。」

「妳是說我們就像嬰兒嗎……」萊爾德問。

「嗯……幼兒吧，」伊蓮娜說，「比上面那個例子裡的嬰兒大一點點，作為很小的孩子，已經能理解『好的』『壞的』這些單字了，但是仍然無法理解複雜詞彙。如果大人想和你們溝通，得使用你們能聽懂的簡單語言。」

萊爾德想了想，「現在妳就是在用『簡單語言』和我們這樣的『幼兒』溝通嗎？」

「是的。」

「那什麼才是複雜語言？雷諾茲說起話來確實很難懂，但我認為還沒難懂到那麼嚴重的地步。」

伊蓮娜說：「是的。雷諾茲的表達還是比較淺顯的，只是稍微有些缺乏技巧。至於真正的複雜語言……你們去過第一崗哨的深層了，對吧？在那裡，你們見到過一代代沉積下來的拓荒者，讀過他們留下的知識，他們之中如果有人還有意識，肯定還非常囉嗦，恨不得主動把一切能想到的東西都灌輸給你們……我知道。我也去過。我能從你們身上感覺到這一點。現在，你們回憶一下，你們記得他們說了什麼嗎？」

萊爾德看了一眼列維，列維低頭沉思著，似乎根本不打算回答。

萊爾德說：「我記得我讀到和聽到了很多。但是……我說不出來它們到底是什麼，也可以說是我不記得吧。」

伊蓮娜緩緩點著頭，就像耐心的老師在聆聽學生的提問。她說：「你知道自己『獲取』了很多，甚至有可能獲取到了一些極為有意義的東西，但你無法形容它，你仍什麼都不明白。即使你想提問，也不知道應該從什麼問題開始。對嗎？是這樣的感覺嗎？」

「是的……」

「這是正常的，」伊蓮娜說，「你們確實得到了第一崗哨內的許多東西，但你們不理解，也無法運用，這十分正常。我繼續用你們能理解的例子來說吧……你大學是讀什麼科系？」

「沒上過大學。」

「喔……好吧，」伊蓮娜歪了歪頭，「那我用更簡單些的例子。比如說，你身體裡有五臟六腑，它們就存在於你的體內，可你並不是醫學生，你不知道它們具體是怎麼運轉的，也解釋不清與它們相關的科學理論，對嗎？如果是比你更小的孩子，或是沒受過任何教育的孩子，他們甚至連那些臟器的正確名稱都不知道，甚至不知道自己體內長著什麼東西。假設有一個從未受過現代教育的人，他根本不知道什麼叫做『大腦』，也不知道自己在用什麼部位想事情，但大腦仍然存在於他體內，仍然在運轉著。

這時候，如果一位專業人員來為他看病，來研究他的身體，那麼專業人員將能夠看到他內部的一切，並且能明白它們意味著什麼。」

「我能理解這個比喻，」萊爾德說，「但……好像有點不一樣？內臟、大腦這些東西是每個人都有的，區別只是人們是否瞭解它們。但是我們在崗哨裡看到的東西並不是這樣，還有我們這一路看見過、經歷過的事情，也不是這樣……並不是每個人都有它們啊。難道有人一開始根本就沒有內臟，後來才漸漸有了，然後再去瞭解它們嗎？」

伊蓮娜說：「對啊。的確有些人『目前沒有內臟』。這樣的人是存在的。或者說得準確些，他們是『目前內臟還不完整』的人。在我們的例子裡，這類人就是胎兒。是還未出生、還未發育出人的形態的人。」

自從走進「不協之門」，萊爾德和列維已經很多次聽到、看到「出生」這個詞了。現在伊蓮娜也用了這樣的說法。

伊蓮娜問：「看你們的表情好像有點緊張。怎麼了，想到什麼了？」

「如果是那種出生之後，已經長大的人……」萊爾德說，「是不是就再也回不了家了？按照妳定義的『簡單語言』，我是指字面意思的回家，離開這個門裡的世界。」

伊蓮娜說：「不用擔心，你們也好，米莎和瑟西也好，都還不算已經長大的人，你們回得去。如果變成像艾希莉那種狀態，就徹底長大了，就怎樣也回不去了。」

「妳也見過艾希莉？」

「她進入我的區域了，我當然知道。但我們沒有直接溝通過。她長大了，回不去了。」

「那……我小時候呢？」萊爾德問，「小時候……五歲的那個我。我變成了什麼東西？我為什麼能回去？」

萊爾德說完之後，列維皺眉看著他。列維並不知道五歲的萊爾德經歷了什麼。如今，萊爾德問的不是「我五歲時發生了什麼」，而是「我變成了什麼」。

列維多少能猜到，現在萊爾德肯定已經回憶起一些驚人的東西。

伊蓮娜微微皺眉，「你五歲時的事情啊……這很難解釋，其中涉及很多特殊技藝的具體手法，你一時半刻是聽不懂的。所以，我還是用比較淺顯的方式來概括吧。」

她頓了頓，說：「當年，你就像一隻小肉蟲。你已經在結繭了，但還沒有完成羽化。像艾希莉那樣的人，就是已經羽化成功了的，而現在的你，還有米莎和瑟西，則是在不羽化的情況下進行了繼續發育。這是你們的基本區別。至於當時的你為什麼沒有徹底羽化，這和我有關，也和你媽媽柔伊有關。我暫停了你的變態過程，然後和柔伊一起把你從繭裡面剝出來——別說不可能，這不是真正的昆蟲學，這是我的舉例而已。」

「我明白……」萊爾德有些不適地低下頭。伊蓮娜的舉例還挺生動，萊爾德的腦子裡閃現出一幀幀的畫面：記憶中的自己完全化為了一隻巨大蠕動的蟲子，它沉睡在一具密閉的軀殼裡，正在慢慢變成濃湯……

他繼續問：「那麼……我具體是怎麼回去的？這地方有看不見的通道嗎？就像第一崗哨裡那樣。」

「你們連崗哨裡的路都發現了啊。」伊蓮娜面露欣慰之色，「你們應該知道，崗哨裡的那條路是很難被察覺的，只有具備一定天賦的人才能看見它。它是天然存在的，我們叫它逆盲點。

「理論上來說，在這世界上還有很多逆盲點，但全都非常難以察覺。有很多拓荒者都能意識到第一崗哨裡有條路，一代代的人聚集在那裡，試圖成為後人的圖書館和路標。

「他們聽著關於逆盲點的傳說，學著關於它的經驗，甚至可以用算式陣去推算位置……但他們就是看不見它。絕大多數人都看不見它。

「所以，它明明在那，卻很難起到什麼作用。而我這裡的方式不一樣……只要我們使用適當的手法，我可以送任何人回家。」

說到這的時候，她看了列維一眼。

她繼續說：「我們的手法有點像是……把你們生出來。」

萊爾德和列維都愣住了。雖然列維一直沒說話，但他在仔細聽著所有問答。伊蓮娜說的話很容易理解，她一直用便於聽者理解的方式進行敘述，而剛剛那句話，是目前為止最讓人不解的一句。

看著兩人臉上的微妙表情，伊蓮娜了然地一笑。她十指交握，指頭托著下巴，語調平緩地說：「這一切很難用簡單的方式描述，所以，以下我要說的概念，仍然是基於想像和比喻，而不是具體現實。要記得這個前提。」

萊爾德僵硬地點了點頭。

伊蓮娜繼續說：「想像一下，你們全都是胎兒。凡是沒有出生的人，都在做同一個夢。在這個夢裡，胎兒們經歷著各種豐富多彩的事情，相聚，別離，喜怒哀樂，有舒適也有危險……因為是在同一個夢裡，所以夢中大家的模樣都長得差不多，度日的方式也都大同小異。

「有一天，某個胎兒醒了，他離開夢境，離開母體，出生了。他爬行在真正的世界上，正在面臨成長。

「胎兒可以出生，嬰兒可以長大，但是成人無法退回母體。這是很容易理解的基本規則。所以，這樣一個已經出生的孩子，是不可能再回到胎兒的夢裡的。他也根本不想回去，因為他已經來到真正的世界上，現在他非常快樂，這是真實的快樂，是反覆無常的夢境無法給與他的。

「胎兒們的『醒來』會有很多方式，有時候，某個胎兒可能並不是正常出生，而是……比如流產，被解剖，在意外中從傷口流出……於是，他在異常的情況下，提前醒了過來。

「他爬行在醒來後的世界上。這樣的他……根本就是個小怪物，他很弱小，也很噁心，這世界上正常的生物可能會對他好奇，也可能會很怕他，還有些生物會心生憐憫，試圖把他養大……運氣好的話，也許他就真的能活下來。即使運氣不好，他也不會面臨所謂的『死亡』。因為這裡是真正的世界，不是夢境，夢境是會結束的，所以人們的認知裡才有死亡。夢裡的孩子們以為死亡是生命的一環，殊不知，夢醒的真正世界上，因為沒有夢，所以也根本沒有死亡。

「這些異常出生的胎兒還未發育成熟，他們本來是不該醒來的。那麼，既然他還相對完好，只要醫學足夠發達，技術足夠先進，我們就可以找一種方法，把他重新安置回母親的肚子裡，讓他去繼續那場未完的夢境。」

伊蓮娜停下來，補充道：「對了，剛才我們在聊語言直白或複雜的問題時，我說你們是幼兒，而不是胎兒，請注意，這類表達都僅僅是比喻，剛才的『幼兒』一詞，與現在我所說的『胎兒』屬於兩個比喻，它們並沒有真正的關聯。希望這不會影響你們的理解。」

萊爾德僵硬地點頭。他注意到，列維沒有反應，也沒有提問，他只是看著伊蓮娜，維持著若有所思的表情。

伊蓮娜接著說下去：「經過很多年的嘗試，我已經掌握了重新安置『胎兒』的手法。拿萊爾德你小時候的事來說吧，我和柔伊去除了你的羽化，然後對你執行了一種類似於『孕育生產』的程式。嗯……有點像是，在這邊構築一個母體，通過類似生產的手段，引領你回到沉睡的胎兒狀態，等狀態穩固後，你就被送回去了。當年你的情況比較麻煩，如果對米莎和瑟西執行這個程式，步驟會更簡單的。因為她們根本沒有開始羽化，她們更容易回到真正的母體裡。」

「真正的母體……」萊爾德小聲嘀咕著。

伊蓮娜立刻明白了他的迷茫，「『真正的母體』指的並不是你媽媽柔伊，或者米莎的媽媽瑟西。在這個比喻內，柔伊和你一樣是『非正常出現』的胎兒，你們在此語境下不被視為母子，而是兩個在出生前有深刻交流的有異常胎兒。最後，你被送回胎兒夢境了，但柔伊還有別的使命，所以她留下了。」

說到這，伊蓮娜嘆了口氣，「結果沒過多久……現在你竟然又一次異常地醒來，又回到了我面前。」

「柔伊為什麼選擇留下？」萊爾德問。

「她接觸到了前所未見的奧祕，她對它們有非常強烈的興趣。」

「強烈到……可以拋下真正的生活？可以離開我？」

這句話問出口後，萊爾德又有點不好意思地低下了頭。

他一直極力保持克制，想以平穩的情緒對話。那個疑似柔伊的怪物就在門外面，越是這樣，萊爾德越覺得自己必須冷靜地坐穩。但是說著說著，他一不小心就有些焦躁起來。

伊蓮娜笑道：「你的觀點過於世俗。你還年輕，沒有成為過父母，你以為事情就像文藝作品裡頌揚的那樣簡單易懂，大家都說父母最愛的永遠是孩子……其實事物的本質不是這樣。當然了，你們確實彼此相愛，我不否認這份愛的存在，但是，想一想——你們都是正在做夢的胎兒，你們的愛是夢境的一部分。夢醒之後，人對夢裡的東西會有不同的看法，有的人瞬間將它拋在腦後，不再留戀，也有的人希望美夢成真，希望把夢裡最喜歡的東西帶到現實裡，希望這些東西繼續陪著自己……所以說，雖然柔伊很容易就能拋棄所謂的『真實的生活』，但她並不是想離開你……」

伊蓮娜稍稍向前探身，「她根本不想讓你回去。她想把你留下來。」

這樣說的時候，伊蓮娜的目光聚焦在萊爾德和列維身後。她在看著書房的門。門外巨大的東西蠕動了一下。摩擦的沙沙聲響起在木門和外側牆壁的不同位置上。

伊蓮娜用手指勾起頸間的項鍊。「記得這個嗎？」她晃了晃墜子，「我曾經幫助過一個迷路的年長女人。她的精神狀態很差，再加上本來就比較敏銳，所以不小心踏進了不協之門內。幸好那時我就在附近，我讓她安全地回了家。我故意把這陳舊的導師書籤留給了她，我想以此來傳遞一些資訊，為學會成員們提示研究方向。後來，這東西又回到了我手裡……是柔伊把它拿回來的。」

她所說的，就是不久前在米莎家裡發生的事情。

當時列維和萊爾德首次接觸米莎，他們在她的房間內看到了牆壁上的門。門內的灰白色皮膚形成平面，平面上伸出一雙枯瘦的手。那雙手……或者說那個生物，它對「伊蓮娜」這個名字有反應，而且還拿回了這枚鍊墜。

萊爾德問：「那時……那雙手不是妳？」

「是我，也不是我。」伊蓮娜露出無奈的神情，「在那次之前……在很久很久之前了，掌握主導權的人已經變成了柔伊。只不過，當時我還沒有被隔絕在這麼深的地方。」

萊爾德問：「柔伊隔絕了妳？」

「是的。簡單來說，這個地方是由我和柔伊所掌控的某種實體結構。我們原本打算協作，後來我們發生了分歧，她越發強大，於是取代了我的地位，並且限制我的行動。」

「她為什麼要這樣做……」

伊蓮娜說：「如果要我對柔伊做出評價，我會說她資質優異，性格堅韌，但是精神極為脆弱。聽起來矛盾嗎？但就是有這樣的人。這樣的人非常美麗，但也容易變得非常危險。」

這時，沉默很久的列維終於開口說話了，「越扯越遠了。妳為什麼要說這些？」

伊蓮娜挑著眉毛望向他，一臉不解，連萊爾德也沒有理解他想問什麼。

列維慢慢地從椅子上站起來，雙手撐在桌面上，盯著鏡子，「導師伊蓮娜，妳為什麼要和我們聊天？我們已經聊了很久了。一問一答，就像在採訪妳一樣。一開始，妳說想把米莎和瑟西送走，於是萊爾德和妳聊了一下關於『送走』的定義，妳解答了。然後妳開始主動提到第一崗哨的事，你們越聊越多，已經說了這麼多話……為什麼？」

「為你們解釋疑問，難道不好嗎？」伊蓮娜反問，「你為什麼要站起來？坐回去，我們還有時間。」

聽她這樣說，列維心裡劃過一個模模糊糊的念頭。

他來不及細想，立刻憑直覺對萊爾德說：「站起來。」

「啊？」萊爾德完全沒搞懂他想幹什麼。

「站起來！從這個該死的沙發上站起來！立刻！」

列維突然如此焦躁，讓萊爾德一頭霧水，但也只好配合。他撐著單人沙發的扶手，準備起身……然後他頓時變了臉色，渾身發涼。

他起不來。他無法從這張拼布小沙發上站起來。

不是被束縛，也不是被黏連，而是身體根本不能執行「站起身，離開」的動作。除此之外，他可以在沙發上改變坐姿，也可以自由控制頭部和上肢。他試著躺下去，想用滑下來的方式離開沙發，結果同樣無法做到。

列維去拉他的手臂，推他的肩膀，試著從腋下架起他……伊蓮娜隔著鏡子看著他們，嘆了口氣說：「你發現得很快，但已經晚了。」

「這是什麼意思？」列維問。

鏡子裡，伊蓮娜也站了起來。她慢慢後退，退到書房門邊，觸摸到門板，露出欣慰的笑容。

她把門開了一條小縫，只夠讓她側著身走出去。出去之後，她並沒有關門的肢體動作，但門在一眨眼之間就自己回歸了原位，與鏡子這邊一模一樣。

列維也望向自己這邊的房門。

不知什麼時候起，門外那個龐大生物的氣息消失了。擠壓牆壁與門板發出的細小摩擦聲全都消失了。但他並不覺得這是好事。

他大膽地走過去，拉開門閂，扭住門把……門打開了，外面沒有任何怪物，沒有蒼白色皮膚的柔伊，也不是「卡拉澤家」的二樓……外面是又一間書房，與這間房間一模一樣。

他回頭望向鏡子。現在他和萊爾德才是身在鏡中的人。

——《請勿洞察04》完

高寶書版集團
gobooks.com.tw

BL071

請勿洞察04

作　　者　matthia
繪　　者　mine
編　　輯　林雨欣
校　　對　薛怡冠
美術編輯　林鈞儀
排　　版　彭立瑋
企　　劃　李欣霓

發 行 人　朱凱蕾
出　　版　三日月書版股份有限公司/Printed in Taiwan
地　　址　臺北市內湖區洲子街88號3樓
網　　址　www.gobooks.com.tw
電　　話　(02) 27992788
電　　郵　readers@gobooks.com.tw（讀者服務部）
傳　　真　出版部　(02) 27990909　行銷部 (02) 27993088
郵政劃撥　50404557
戶　　名　三日月書版股份有限公司
發　　行　英屬維京群島商高寶國際有限公司臺灣分公司
　　　　　Global Group Holdings, Ltd.
初版日期　2022年8月

國家圖書館出版品預行編目(CIP)資料

請勿洞察/ matthia著.-- 初版. -- 臺北市：三日月書版股份有限公司出版：英屬維京群島高寶國際有限公司臺灣分公司發行, 2022.08-
冊；　公分. --

ISBN 978-626-7152-11-9(第4冊：平裝)

857.7　　111006789

三日月書版

三日月書版

GOBOOKS
& SITAK
GROUP©